季羡林自选集

八大印章珍藏版

印章编号 _2_

我的座右铭

季羡林

多少年以来，我的座右铭一直
是：　纵浪大化中

　　不喜亦不惧

　　应尽便须尽

　　无复独多虑

抛开家喻的、朴朴素素的四句陶
诗，几乎用不着任何解释。

我是怎样实行这个座右铭的呢
？无非是顺其自然，随遇而安而已
，没有什么奥楚。

"应尽便须尽，无复独多虑。"（到
了应该死的时候，你我就死，用不
着左思右想），这句话应该是关键

季羡林自选集

季羡林谈人生

季羡林 著

北京联合出版公司
Beijing United Publishing Co.,Ltd.

图书在版编目（CIP）数据

季羡林谈人生 / 季羡林著 . -- 北京：北京联合出
版公司 , 2024.7
　（季羡林自选集）
　ISBN 978-7-5596-7612-2

　Ⅰ . ①季… Ⅱ . ①季… Ⅲ . ①散文集 – 中国 – 当代
Ⅳ . ① I267

中国国家版本馆 CIP 数据核字 (2024) 第 083759 号

季羡林自选集：季羡林谈人生

季羡林　著

出　品　人：赵红仕
选 题 策 划：外图凌零
统　　　筹：徐蕙蕙
特 约 编 辑：康舒悦　陈佳韵
责 任 编 辑：周　杨
封 面 设 计：陶　雷
内 文 排 版：孟　迪

北京联合出版公司出版
（北京市西城区德外大街 83 号楼 9 层 100088）
北京联合天畅文化传播公司发行
武汉市盛宏源印务有限公司　新华书店经销
字数 223 千字　880 毫米 ×1230 毫米　1/32　8.375 印张
2024 年 7 月第 1 版　2024 年 7 月第 1 次印刷
ISBN 978-7-5596-7612-2
定价：47.00 元

代序 ＿＿＿ 做真实的自己

◎ 季羡林

在人的一生中，思想感情的变化总是难免的。连寿命比较短的人都无不如此，何况像我这样寿登耄耋的老人！

我们舞笔弄墨的所谓"文人"，这种变化必然表现在文章中。到了老年，如果想出文集的话，怎样来处理这样一些思想感情前后有矛盾，甚至天翻地覆的矛盾的文章呢？这里就有两种办法。在过去，有一些文人，悔其少作，竭力掩盖自己幼年挂屁股帘的形象，尽量删削年轻时的文章，使自己成为一个一生一贯正确、思想感情总是前后一致的人。

我个人不赞成这种做法，认为这有点作伪的嫌疑。我主张，一个人一生是什么样子，年轻时怎样，中年怎样，老年又怎样，都应该如实地表达出来。在某一阶段上，自己的思想感情有了偏颇，甚至错误，绝不应加以掩饰，而应该堂堂正正地承认。这样的文章绝不应任意删削或者干脆抽掉，而应该完整地加以保留，以存真相。

在我的散文和杂文中，我的思想感情前后矛盾的现象，是颇能找出一些来的。比如对中国社会某一个阶段的歌颂，对某一个人的崇拜与歌颂，在写作的当时，我是真诚的；后来感到一点失望，我也是真诚的。这些文章，我都毫不加以删改，统统保留下来。不管现在看起来是多么幼稚，甚至多么荒谬，我都不加掩饰，目的仍然是存真。

像我这样性格的一个人，我是颇有点自知之明的。我离一个社会活动家，是有相当大的距离的。我本来希望像我的老师陈寅恪先生那样，淡泊以明志，宁静以致远，不求闻达，毕生从事学术研究，又决不是不关心国家大事，绝不是不爱国，那不是中国知识分子的传统。然而阴差阳错，我成了现在这样一个人。应景文章不能不写，写序也推托不掉，"春花秋月何时了，开会知多少"，会也不得不开。事与愿违，尘根难断，自己已垂垂老矣，改弦更张，只有俟诸来生了。

1995年3月18日

2

序二 ＿＿＿ 我尊敬的国学大师

◎ 梁　衡

季羡林先生是我尊敬的国学大师，但他的贡献和意义又远在其学问之上。我尝问先生："你所治之学，如吐火罗文，如大印度佛教，于今天何用？"他肃然答道："学问不问有用无用，只问精不精。"其严谨的治学态度发人深省。此其一令人尊敬。先生学问虽专、虽深，然文风晓畅朴实，散文尤美。就是有关佛学、中外文化交流，甚至如《糖史》这些很专的学术论著也深入浅出，条分缕析。虽学富五车，却水深愈静，绝无一丝卖弄。此其二令人尊敬。先生以教授身份居校园凡六十年，然放眼天下，心忧国事。常忆季荷池畔红砖小楼，拜访时，品评人事，说到动人处，竟眼含热泪。我曾问之，最佩服者何人。答曰："梁漱溟。"又问再有何人。答曰："彭德怀。"问其因，只为他们有骨气。联系"文化大革命"中，先生身陷牛棚，宁折不屈，士身不可辱，公心忧天下。此其三令人尊敬。

先生学问之衣钵，自有专业人士接而传之。然治学之志、文章之风、人格之美则应为学术界、全社会，尤其是青少年所学、所重。而这一切又都体现在先生的文章著作中。遂建议于先生全部著作中，选易普及之篇，面对一般读者，编一季文普及读本。于是有此选本问世，庶可体现初衷。

（梁衡，著名散文家。曾任国家新闻出版署副署长、人民日报社副总编辑）

序三 ＿＿＿ 季羡林先生的道德文章

◎ 梁志刚

"季羡林自选集"丛书付梓在即，责编要求我写一篇序。初闻此言，颇感错愕：老朽何德何能，哪有资格为大师的文集作序？继而思之，季先生的同辈学人，已经渐去渐远，即使我的师兄师姐，也是寥若晨星。我作为先生的及门弟子和读者，同时还是先生传记的作者，谈点心得体会，作为引玉之砖，不但是必要的，而且是应该的。于是我鼓足勇气，写点一孔之见，与诸位读者交流。

说起季羡林先生的自选集，据我所知，最早是在1988年，北京师范学院出版社要求季先生自选精华，编成《季羡林学术论著自选集》。季先生从过去几十年所写的200万字的学术著作中，选出几十篇，还为这本集子写了自序。他发现，所选文章基本上都是考证方面的，这说明，自己的兴趣和能力即在于此。清代大文豪姚鼐说："天下学问之事，有义理、文章、考证三者之分，异趋而同为不可废。"

20 世纪 80 年代中期以前，季羡林的治学主要是考证。他师承陈寅恪和瓦尔德施米特，认为考证是做学问的必由之路。至于考证的方法，他十分佩服并身体力行胡适提出的"大胆的假设，小心的求证"。他认为，过去批判这两句话，批判一些人，是在极左思想的支配下，以形而上学冒充辩证法来进行的。他反对把结论当成先验的真理，不许怀疑，只准阐释，代圣人立言，为经典作注。他认为这样只能使学术堕落。他说："我过去五六十年的学术活动，走的基本上是一条考证的道路。""考证要达到什么目的呢？无非是寻求真理而已。""什么叫真理？大家的理解也未必一致。有的人心目中的真理有伦理意义。我不认为是这样。我觉得，事情是什么样子，你就说它是什么样子。这是唯物主义，同时也是真理。"要想了解季羡林是如何考证、如何寻求真理的，请读一读本丛书中的《季羡林谈佛》。

季羡林曾经多次说"不喜欢义理"。可是在 20 世纪 80 年代中后期，他在"义理"的研究方面，投入了不少的精力，取得了可喜的成果。其原因是，他看到，西方文化引领世界数百年，给人类带来前所未有的利益，同时也造成了巨大的生存危机，诸如环境污染、人口爆炸、淡水不足、气候变暖、臭氧出洞、物种灭绝、战争频发、贫富差距扩大等等。他在思考人类的出路在哪里。当然不只是季羡林，世界上有些有识之士也在考虑同样的问题。英国的汤因比对人类文明的发展趋势进行了深刻的反思，日本的池田大作在考虑如何把"战争与暴力的世纪"改造成"和平与共生的世纪"，并与季羡林展开隔空对谈。季羡林从中国古代圣贤那里受到启发，提出了"天人合一"的新解，主张人与自然和谐相处；在人与人、国与国的关系方面，主张和为贵，和而不同，建立和谐世界；在东西方文化关系方面，主张坚持"拿来"，强调"送去"，用东方的药，治西方的病；他提出"河东河西论"，大胆预言：21世纪将是中国的世纪。这些，为建立人类命运共同体理念提供了理论支撑。我们这套丛书中的《季羡林谈国学》《季羡林谈东西方文化》无疑是其代表作品。

至于文章，季羡林先生是广受读者欢迎的散文大家。他笔耕七十余载，创作散文五百余篇，其中许多是脍炙人口、清新隽永的名篇。1980年香港文学研究社出版的《季羡林选集》和1986年北京大学出版社出版的《季羡林散文集》就是较早的散文自选集。在这前一本书的跋和后一本书的自序中，他详细介绍了自己的创作过程和"惨淡经营"的创作理念。此后，各家出版单位编辑出版的季羡林散文集可以说数不胜数。记得2006年初，有一家出版社找到我，要编一本季先生的学者散文。我去医院请示季先生，季先生说："我的散文已经出了七八种，有的还没有经过我同意。这些书大同小异，你选这几篇，他选那几篇，重复的不少。这对读者不负责任。你不要凑这个热闹。人家不编的，你编。"本套丛书大多是散文。对季先生的散文，方家评论多矣，我这里只引用林江东的评语——"季先生散文的特点是：在朴实中蕴含着优美，在静穆中饱含着热情，在飘逸秀丽中不失遒劲和锋刃，在淳朴亲切的娓娓道来中给人以强烈的震撼，在诙谐隽永的语言中蕴含着深刻的人生哲理，在行云流水般的字里行间凸显先生的人格魅力。"我认为此言不虚，读季先生的散文，确实是一种美的享受。

季羡林先生是著名翻译家，他的译著在三十卷《季羡林全集》中占三分之一。1994年初，中国工人出版社出版了一本季羡林译著自选集。季羡林为这本《沙恭达罗——中国翻译名家自选集·季羡林卷》写了篇小引，提出了一个十分重要的原则，"不改少作，意在存真"。他说："除了明显的错误或者错排，其余的我一概不加改动，意在存真，给历史留下些真实的影子。有的作家到了老年拼命改动自己青年和中年时代的文章，好像一个老年人想借助美容院之力把自己修饰得返老还童。我认为此举不足取。"季羡林先生是这样说的，也是这样做的。他的《清华园日记》和早年许多著述，都是以本来面目示人。令人欣喜的是，本套丛书的编者，严格遵循作者的本意，不辞辛劳追根溯源，坚决剔除某些版本的不当修饰，奉献给读者的是季先生的原玉。

季羡林先生走了，留给我们丰厚的精神遗产。印刷机轰鸣，指示灯闪烁，一套新书很快就要和读者见面了。这套书里的文章是季先生亲自挑选，出版社精心打造的；是值得认真品读，值得珍藏，传诸后世的。季羡林说："我的工作主要是爬格子。几十年来，我已经爬出了上千万的字。这些东西都值得爬吗？我认为是值得的。我爬出的东西不见得都是精金粹玉，都是甘露醍醐，吃了能让人升天成仙，但是其中绝没有毒药，绝没有假冒伪劣，读了以后至少能让人获得点享受，能让人爱国、爱乡、爱人类、爱自然、爱儿童，爱一切美好的东西。总之一句话，能让人在精神境界中有所收益。"

季羡林被评为"感动中国"2006年度人物，评委们称赞他是"中国现代知识分子的一面旗帜和榜样"。他是如何做到的呢？在人生的最后岁月，季羡林考虑最多的是和谐。他对《人民日报》的记者说："要想达到个人和谐的境界，需要具备两个条件，良知和良能。知是认识，能是本领。良知是基础，良能是保障，两者缺一不可。知行合一，天人合一，方能和谐。良知是什么？概括起来就是八个字——爱国、孝亲、尊师、重友，这在中国传统文化中都有。一个人如果做到了这一点，就可以说他是个人和谐了，而每一个人都和谐了，那整个社会也就和谐了。"至于良能是什么，季羡林没有说。窃以为，从事不同的行业，良能当各有特色。而对学者与教师而言，季羡林为聊城大学题写的校训"敬业、博学、求实、创新"似可概括。良知和良能的完美结合，季羡林不仅是倡导者，而且是模范的实践者。限于篇幅，我不能展开讲，只能扼要说说。

说到爱国，这是中国知识分子的传统。季羡林先生提倡的爱国，是具有世界眼光的爱国，是和国际主义相统一的爱国，不是义和团式的"爱国"。那样的"爱国"其实是害国。1931 年"九一八"事变后，20 岁的季羡林和清华同学躺在铁轨上拦火车，去南京请愿要求政府出兵抗日；1942 年，德国当局承认汪伪政权，季羡林和张维等留学生坚决反对汉奸政府，他们不顾生死，宣布自己"无国籍"；朝鲜战争爆发后，他积极签名，捐献稿费支援抗美援朝。他的爱国，更多表现在实际工作中，融汇在本职岗位的敬业里。20 世纪 80 年代，他担任中国敦煌吐鲁番学会会长，针对"敦煌在中国，敦煌学在日本"的说法，响亮地提出"敦煌在中国，敦煌学在世界"的口号，带领我国敦煌学者与国际学术界密切合作开展敦煌学研究，取得了骄人的业绩，他本人更是在耄耋之年学术冲刺，完成了《糖史》和《吐火罗文 A (焉耆文)〈弥勒会见记剧本〉译释》两部顶尖的科学巨著，为祖国争得了荣誉。季羡林的爱国，还表现在他深谙"天下兴亡，匹夫有责"的道理，针对那场给国家民族带来巨大灾难的十年浩劫，他主张总结亿金难买的深刻教训，绝不允许悲剧重演。他用自己的切身经历，和着血和泪写成《牛棚杂忆》，一时令"洛阳纸贵"。他还发出振聋发聩的四问，不仅震撼国人心灵，而且展现了一个有良知者对祖国的拳拳赤子之心。

季羡林提倡尊师，是以爱生为前提的。作为北京大学的资深教授，季羡林对学生如亲人，他为新生看行李的故事，几乎尽人皆知。我再说几件不那么家喻户晓的事。1964 年新生入学，季羡林到男生宿舍看望新生，他看见盥洗室水槽里放着几个瓦盆，就问："怎么把尿盆放在这里？"我怯怯地说了句："不是尿盆。"季先生没有再说什么，第二天，系学生会通知：季先生自掏腰包买了二十个搪瓷脸盆，没有脸盆的同学可以来领。我虽然没有去领盆，但心里暖暖的。1980 年海淀区人民代表选举，中文系一名女学生自荐参加竞选，结果代表没有选上，反遭大字报围攻。季副校长知道这名同学承受着巨大压力，吩咐身边工作人员暗中呵护，以免发生不测。1985年新生入学，一位从广东农村来的同学没有带被褥和棉衣，季先生发动老师们为他捐钱捐布票置办被褥，还找出自己的旧棉袄给他御寒。同学们都知道，季先生学问好，人更好，所以他深受学生的爱戴和崇敬。

季羡林先生为学为人都达到了很高的境界，绝非偶然。我们读他怀念师友的文章，可清楚地发现，他从恩师陈寅恪、汤用彤、胡适和瓦尔德施米特、西克、哈隆身上传承了什么，还有鞠思敏、王寿彭、胡也频、董秋芳、吴宓、朱光潜等对他的影响和帮助，原来他是站在大师的肩膀上啊！

读季先生的书，不难看出，他一生走过曲折的路。回国后的三十多年，他是在战争和一个接一个的运动中度过的。在极左乌云压城的时候，运动来了，他不停地检讨自己"智育第一、业务至上"的"修正主义"，运动一过，就"死不悔改、我行我素"。有人会说，这是典型的"人格分裂"。我认为不是。中国的知识分子，像陈寅恪那样始终清醒的是凤毛麟角。大多数人都与季羡林遭遇类似。我们要听其言，观其行。在高压下违心或诚心地检讨是"言"，是为了"过关"。而其行，坚持"死不悔改"，坚持业务至上，坚持教书育人，才是其良知使然。而且，季羡林死守一条底线，就是只检查自己，决不攻击他人，这才是更加难能可贵的。

不仅仅如此，有人问他，一生最敬佩什么人？他回答是彭德怀和梁漱溟，由此不难窥见他的风骨。季羡林晚年，致力于中华优秀传统文化的发掘和传承，他曾多次与人讨论"侠"和"士"的问题，可惜没有来得及写成文章。这样的文章只能由后人来写了。我相信我们这个伟大民族，一定能够出现越来越多造福人类的国侠和国士。

以上体会尽管浅陋，但是我的肺腑之言。遵照季先生吩咐，"假话全不说，真话不全说"，就此打住。我想重复一句季先生对我耳提面命的话，作为这篇序的结尾："记住，书好不好，读者说了算。"

2023年7月30日

于北京大兴

（梁志刚，季羡林的学生，《季羡林大传》作者）

目　录

第三辑　纵浪大化中，不喜亦不惧 /107

第五辑　希望在你们身上 /221

第一辑　人生漫谈

人　生

对于我来说，这个题目并不难写。我已经到了望九之年，在人生中已经滚了八十多个春秋了。一天天面对人生，时时刻刻面对人生，让我这样一个世故老人来谈人生，还有什么困难呢？岂不是易如反掌吗？

但是，稍微进一步一琢磨，立即出了疑问：什么叫人生呢？我并不清楚。

不但我不清楚，我看芸芸众生中也没有哪一个人真清楚的。古今中外的哲学家谈人生者众矣。什么人生意义，又是什么人生的价值，花样繁多，扑朔迷离，令人眼花缭乱；然而他们说了些什么呢？恐怕连他们自己也是越谈越糊涂。以己之昏昏，焉能使人昭昭！

哲学家的哲学，至矣高矣。但是，恕我大不敬，他们的哲学同吾辈凡人不搭界，让这些哲学，连同它们的"家"，坐在神圣的殿堂里去独现辉煌吧！像我这样一个凡人，吃饱了饭没事儿的时候，有时也会想到人生问题。我觉得，我们"人"的"生"，绝对是被动的。没有哪一个人能先制定一个诞生计划，然后再出生，一步步让计划实现。只有一个人是例外，他就是佛祖释迦牟尼。他住在天上，忽然想降生人寰，超度众生。先考虑要降生的国家，再考虑要降生的父母。考虑周详之后，才从容下降。但他是佛祖，不是吾辈凡人。

吾辈凡人的诞生，无一例外，都是被动的，一点主动也没有。我们糊里糊涂地降生，糊里糊涂地成长，有时也会糊里糊涂地夭折，当然也会糊里糊涂地寿登耄耋，像我这样。

生的对立面是死。对于死，我们也基本上是被动的。我们只有那么一点主动权，那就是自杀。但是，这点主动权却是不能随便使用的。除非万不得已，是决不能使用的。

我在上面讲了那么些被动，那么些糊里糊涂，是不是我个人真正欣赏这一套，赞扬这一套呢？否，否，我决不欣赏和赞扬。我只是说了一点实话而已。

正相反，我倒是觉得，我们在被动中，在糊里糊涂中，还是能够有所作为的。我劝人们不妨在吃饱了燕窝鱼翅之后，或者在吃糠咽菜之后，或者在卡拉 OK、高尔夫之后，问一问自己：你为什么活着？活着难道就是为了恣睢的享受吗？难道就是为了忍饥受寒吗？问了这些简单的问题之后，会使你头脑清醒一点，会减少一些糊涂。谓予不信，请尝试之。

1996年11月9日

再谈人生

人生这样一个变化莫测的万花筒，用千把字来谈，是谈不清楚的。所以来一个"再谈"。

这一回我想集中谈一下人性的问题。

大家知道，中国哲学史上，有一个不大不小的争论问题：人是性善，还是性恶？这两个提法都源于儒家。孟子主性善，而荀子主性恶。争论了几千年，也没有争论出一个名堂来。

记得鲁迅先生说过："人的本性是，一要生存，二要温饱，三要发展。"（记错了，我负责。）这同中国古代一句有名的话，精神完全是一致的："食色，性也。"食是为了解决生存和温饱的问题，色是为了解决发展问题，也就是所谓传宗接代。

我看，这不仅仅是人的本性，而且是一切动植物的本性。试放眼观看大千世界，林林总总，哪一个动植物不具备上述三个本能？动物姑且不谈，只拿距离人类更远的植物来说，

"桃李无言"，它们不但不能行动，连发声也发不出来。然而，它们求生存和发展的欲望，却表现得淋漓尽致。桃李等结甜果子的植物，为什么结甜果子呢？无非是想让人和其他能行动的动物吃了甜果子把核带到远的或近的其他地方，落到地上，生入土中，能发芽、开花、结果，达到发展，即传宗接代的目的。

你再观察，一棵小草或其他植物，生在石头缝中，或者甚至压在石头块下，缺水少光，但是它们却以令人震惊得目瞪口呆的毅力，冲破了身上的重压，弯弯曲曲、忍辱负重地长了出来，由细弱变为强硬，由一根细苗甚至变成一棵大树，再作为一个独立体，继续顽强地实现那三种本性。"下自成蹊"，就是"无言"的结果吧。

你还可以观察，世界上任何动植物，如果放纵地任其发挥自己的本性，则在不太长的时间内，哪一种动植物也能长满塞满我们生存的这一个小小的星球地球。那些已绝种或现在濒临绝种的动植物，属于另一个范畴，另有其原因，我以后还会谈到。

那么，为什么到现在还没有哪一种动植物——包括万物之灵的人类在内——能塞满了地球呢？

在这里，我要引老子的话："天地不仁，以万物为刍狗。"是造化小儿——谁也不知道，他究竟有没有？他究竟是什么样子？我不信什么上帝，什么天老爷，什么大梵天，宇宙间没有他们存在的地方。

但是，冥冥中似乎应该有这一类的东西，是他或它巧妙计算，不让动植物的本性光合得逞。

1996年11月12日

三论人生

　　上一篇《再论》戛然而止，显然没有能把话说完，所以有了《三论》。

　　造化小儿对禽兽和人类似乎有点区别对待的意思。它给你生存的本能，同时又遏制这种本能，方法或者手法颇多。制造一个对立面似乎就是手法之一，比如制造了老鼠，又制造它的天敌——猫。

　　对于人类，它似乎有点优待。它先赋予人类思想（动物有没有思想和言语是一个有争论的问题），又赋予人类良知良能。关于人类本性，我在上面已经谈到。我不大相信什么良知，什么"恻隐之心，人皆有之"；但是我又无从反驳。古人说："人之所以异于禽兽者几希。""几希"者，极少极少之谓也。即使是极少极少，总还是有的。我个人胡思乱想，我觉得，在对待生物的生存、温饱、发展的本能的态度上，就存在着一点点"几希"。

我们观察老虎、狮子等猛兽，饿了就要吃别的动物，包括人在内。它们决没有什么恻隐之心，决没有什么良知。吃的时候，它们也决不会像人吃人的时候那样，有时还会捏造一些我必须吃你的道理，做好"思想工作"。它们只是吃开了，吃饱为止。人类则有所不同。人与人当然也不会完全一样。有的人确实能够遏制自己的求生的本能，表现出一定的良知和一定的恻隐之心。古往今来的许多仁人志士，都是这方面的好榜样。他们为什么能为国捐躯？为什么能为了救别人而牺牲自己的性命？鲁迅先生所说的"中国的脊梁"，就是这样的人。孟子所谓的"浩然之气"，只有这样的人能有。禽兽中是决不会有什么"脊梁"，有什么"浩然之气"的，这就叫做"几希"。

但是人也不能一概而论，有的人能够做到，有的人就做不到。像曹操说："宁教我负天下人，休教天下人负我！"他怎能做到这一步呢？

说到这里，就涉及伦理道德问题。我没有研究过伦理学，不知道怎样给道德下定义。我认为，能为国家，为人民，为他人着想而遏制自己的本性的，就是有道德的人。能够百分之六十为他人着想，百分之四十为自己着想，他就是一个及格的好人。为他人着想的百分比越高越好，道德水平越高。百分之百，所谓"毫不利己、专门利人"的人是绝无仅有。反之，为自己着想而不为他人着想的百分比，越高越坏。到了曹操那样，就算是坏到了顶。毫不利人、专门利己的人，普天之下倒是不老少的。说这话，有点泄气。无奈这是事实，我有什么办法？

1996年11月13日

不完满才是人生

　　每个人都争取一个完满的人生。然而，自古及今，海内海外，一个百分之百完满的人生是没有的。所以我说，不完满才是人生。

　　关于这一点，古今的民间谚语，文人诗句，说到的很多很多。最常见的比如苏东坡的词："人有悲欢离合，月有阴晴圆缺，此事古难全。"南宋方岳（根据吴小如先生考证）诗句："不如意事常八九，可与人言无二三。"这都是我们时常引用的，脍炙人口的。类似的例子还能够举出成百上千来。

　　这种说法适用于一切人，旧社会的皇帝老爷子也包括在里面。他们君临天下，"率土之滨，莫非王土"，可以为所欲为，杀人灭族，小事一端，按理说，他们不应该有什么不如意的事。然而，实际上，王位继承，宫廷斗争，比民间残酷万倍。他们威仪俨然地坐在宝座上，如坐针毡。虽然捏造了"龙御上宾"这种神话，他们自己也并不相信。他们想方设法以求得长生不老，他们最怕"一旦魂断，宫车晚出"。连英主如汉武帝、唐太宗之辈也不能"免俗"。汉武帝造承露金盘，妄想饮仙露以长生；唐太宗服印度婆罗门的灵药，期望借此以不死。结果，事与愿违，仍然是"龙御上宾"——呜呼哀哉了。

在这些皇帝手下的大臣们，"一人之下，万人之上"，权力极大，骄纵恣肆，贪赃枉法，无所不至。在这一类人中，好东西大概极少，否则包公和海瑞等决不会流芳千古，久垂宇宙了。可这些人到了皇帝跟前，只是一个奴才，常言道：伴君如伴虎，可见他们的日子并不好过。据说明朝的大臣上朝时在笏板上夹带一点鹤顶红，一旦皇恩浩荡，钦赐极刑，连忙用舌尖舔一点鹤顶红，立即涅槃，落得一个全尸。可见这一批人的日子也并不好过，谈不到什么完满的人生。

至于我辈平头老百姓，日子就更难过了。1949 年前后，不能说没有区别，可是一直到今天，仍然是"不如意事常八九"。早晨在早市上被小贩"宰"了一刀；在公共汽车上被扒手割了包，踩了人一下，或者被人踩了一下，根本不会说"对不起"了，代之以对骂，或者甚至演出全武行。到了商店，难免买到假冒伪劣的商品，又得生一肚子气。谁能说，我们的人生多是完满的呢？

再说到我们这一批手无缚鸡之力的知识分子，在历史上一生中就难得过上几天好日子。只一个"考"字，就能让你谈"考"色变。"考"者，考试也。在旧社会科举时代，"千军万马独木桥"，要上进，只有科举一途，你只需读一读吴敬梓的《儒林外史》，就能淋漓尽致地了解到科举的情况。以周进和范进为代表的那一批举人进士，其窘态难道还不能让你胆战心惊、啼笑皆非吗？

现在我们运气好，得生于新社会中。然而那一个"考"字，宛如如来佛的手掌，你别想逃脱得了。幼儿园升小学，考；小学升初中，考；

初中升高中，考；高中升大学，考；大学毕业想当硕士，考；硕士想当博士，考。考，考，考，变成烤，烤，烤；一直到知命之年，厄运仍然难免，现代知识分子落到这一张密而不漏的天网中，无所逃于天地之间，我们的人生还谈什么完满呢？

灾难并不限于知识分子，"人人有一本难念的经"，所以我说"不完满才是人生"。这是一个"平凡的真理"；但是真能了解其中的意义，对己对人都有好处。对己，可以不烦不躁；对人，可以互相谅解。这会大大地有利于整个社会的安定团结。

1998年8月20日

《人生箴言》序

本书的作者池田大作名誉会长，译者卞立强教授，以及本书一开头就提到的常书鸿先生，都是我的朋友。我同他们的友谊，有的已经超过了四十年，少的也有十几二十年了，都可以算是老朋友了。我尊敬他们，我钦佩他们，我喜爱他们，常以此为乐。

池田大作名誉会长的著作，只要有汉文译本（这些译本往往就出自卞立强教授之手），我几乎都读过。现在又读了他的《人生箴言》。可以说是在旧的了解的基础上，又增添了新的了解。在旧的钦佩的基础上，又增添了新的钦佩，我更以此为乐。

评断一本书的好与坏有什么标准呢？这可能因人而异。但是，我个人认为，客观的能为一般人都接受的标准还是有的。归纳起来，约略有以下几项：一本书能鼓励人前进呢，抑或拉人倒退？一本书能给人以乐观精神呢，抑或使人悲观？

一本书能增加人的智慧呢，抑或增强人的愚蠢？一本书能提高人的精神境界呢，抑或降低？一本书能增强人的伦理道德水平呢，抑或压低？一本书能给人以力量呢，抑或使人软弱？一本书能激励人向困难作斗争呢，抑或让人向困难低头？一本书能给人以高尚的美感享受呢，抑或给人以低级下流的愉快？类似的标准还能举出一些来，但是，我觉得，上面这一些也就够了。统而言之，能达到问题的前一半的，就是好书。否则，若只能与后一半相合，这就是坏书。

拿上面这些标准来衡量池田大作先生的《人生箴言》，读了这一本书，谁都会承认：它能鼓励人前进；它能给人乐观精神；它能增加人的智慧；它能提高人的精神境界；它能增强人的伦理道德水平；它能给人以力量；它能鼓励人向困难作斗争；它能给人以高尚的美感享受。总之，在人生的道路上，它能帮助人明辨善与恶，明辨是与非；它能帮助人找到正确的道路，而不至迷失方向。

因此，我的结论只能是：这是一本好书。

如果有人认为我在上面讲得太空洞，不够具体，我不妨说得具体一点，并且从书中举出几个例子来。书中许多精辟的话，洋溢着作者的睿智和机敏。作者是日本蜚声国际的社会活动家，思想家，宗教活动家。在他那波澜壮阔的一生中，通过自己的眼睛和心灵，观察人生，体验人生，终于参透了人生，达到了圆融无碍的境界。书中的话就是从他深邃的心灵中撒出来的珠玉，句句闪耀着光芒。读这样的书，真好像是走入七宝楼台，发现到处是奇珍异宝，拣不胜拣。又好像是行在山阴道上，令人应接不暇。本书"一、人生"中的第一段话，就值得我们细细地玩味："我认为人生中不能没有爽朗的笑声。"第二段话："我希望能在真正的自我中，始终保持不断创造新事物的创造性和为人们为社会作出贡献的社会性。"这是多么积极的人生态度，真可以振聋发聩！我自己已经到了耄耋之年。我特别欣赏这一段话："'老'的美，老而美——

这恐怕是比人生的任何时期的美都要尊贵的美。老年或晚年，是人生的秋天。要说它的美，我觉得那是一种霜叶的美。"我读了以后，陡然觉得自己真"美"起来了，心里又溢满了青春的活力。这样精彩的话，书中到处都是，我不再作文抄公了。读者自己去寻找吧。

现在正是秋天。红于二月花的霜叶就在我的窗外。案头上正摆着这一部的译稿。我这个霜叶般的老年人，举头看红叶，低头读华章，心旷神怡，衰颓的暮气一扫而光，提笔写了这一篇短序，真不知老之已至矣。

1994年11月8日

《人生絮语》序

　　浙江人民出版社的杨女士给我来信，说要编辑一套"禅趣人生"丛书，"内容可包括佛禅与人生的方方面面"。"我们希望通过当代学者对于人生的一种哲学思考，给读者特别是青年读者一些中国传统文化的熏陶，给被大众文化淹溺着的当今读书界、文化界留一小块净土，也为今天人文精神的重建尽一份努力。"无疑，这些都是极其美妙的想法，有意义，有价值，我毫无保留地赞成和拥护。

　　但是，我却没有立即回信。原因绝不是我倨傲不恭，妄自尊大，而是因为我感到这任务过分重大，我惶恐觳觫，不敢贸然应命。其中还掺杂着一点自知之明和偏见。我生无慧根，对于哲学和义理之类的东西，不感兴趣。特别是禅学，我更感到头痛。少一半是因为我看不懂。我总觉得这一套东西恍兮惚兮，杳冥无迹。禅学家常用"羚羊挂角，无迹可寻"来作比喻，比喻是生动恰当的。然而困难也即在其中。既然无迹可寻，我们还寻什么呢？庄子所说得鱼忘筌，得意忘言。我在这里实在是不知道何所得，又何所忘，古今中外，关于禅学的论著可谓多矣。我也确实读了不少。但是，说一句老实话，我还没有看到任何书、任何人能把"禅"说清楚的。

也许妙就妙在说不清楚。一说清楚，即落言筌。一落言筌，则情趣尽失。这种审美境界和思想境界，西方人是无法理解的。他们对任何东西都要求分析、分析、再分析。而据我个人的看法，分析只是人的思维方式之一，此外还有综合的思维方式，这是我们东方人所特有，至少是所擅长的。我正在读苗东升和刘华杰的《浑沌学纵横谈》[①]。"混沌学"是一个新兴但有无限前途的学科。我曾多次劝人们，特别是年轻人，注意"模糊学"和"浑沌学"，现在有了这样一本书，我说话也有了根据，而且理直气壮了。我先从这本书里引一段话："以精确的观察、实验和逻辑论证为基本方法的传统科学研究，在进入人的感觉远远无法达到的现象领域之后，遇到了前所未有的困难。因为在这些现象领域中，仅仅靠实验、抽象、逻辑推理来探索自然奥秘的做法行不通了，需要将理性与直觉结合起来。对于认识尺度过小或过大的对象，直觉的顿悟、整体的把握十分重要。"这些想法，我曾有过。我看了这一本书以后，实如空谷足音。对于中国的"禅"，是否也可以从这里"切入"（我也学着使用一个新名词），去理解，去掌握？目前我还说不清楚。

话扯得远了，我还是"书归正传"吧！我在上面基本上谈的是"自知之明"。现在再来谈一谈"偏见"。我的"偏见"主要是针对哲学的，针对"义理"的。我上面已经说过，我对此不感兴趣。我的脑袋呆板，我喜欢摸得着看得见的东西，也就是实实在在的东西。哲学这东西太玄乎，太圆融无碍，宛如天马行空。而且公说公有理，婆说婆有理。

---

① 疑为《浑沌学纵横论》，著者笔误。

今天这样说，有理；明天那样说，又有理。有的哲学家观察宇宙、人生和社会，时有非常深刻、机敏的意见，令我叹服。但是，据说真正的大哲学家必须自成体系。体系不成，必须追求。一旦体系形成，则既不圆融，也不无碍，而是捉襟见肘，削足适履。这一套东西我玩不了。因此，在旧时代三大学科体系义理、辞章、考据中，我偏爱后二者，而不敢碰前者。这全是天分所限，并不是对义理有什么微词。

以上就是我的基本心理状态。

现在杨女士却对我垂青，要我作"哲学思考"，侈谈"禅趣"，我焉得不诚惶诚恐呢？这就是我把来信搁置不答的真正原因。我的如意算盘是，我稍搁置，杨女士担当编辑重任，时间一久，就会把此事忘掉，我就可以逍遥自在了。

然而事实却大出我意料，她不但没有忘掉，而且打来长途电话，直捣黄龙，令我无所逃于天地之间。我有点惭愧，又有点惶恐。但是，心里想的却是：按既定方针办。我连忙解释，说我写惯了考据文章。关于"禅"，我只写过一篇东西，而且是被赶上了架才写的，当然属于"野狐"一类。我对她说了许多话，实际上却是"居心不良"，想推掉了事，还我一个逍遥自在身。

可是我万万没有想到，正当我颇为得意的时候，杨女士的长途电话又来了，而且还是两次。昔者刘先主三顾茅庐，躬请卧龙先生出山，共图霸业。藐予小子，焉敢望卧龙先生项背！三请而仍拒，岂不是太不识相了吗？我痛自谴责，要下决心认真对待此事了。我拟了一个初步选目。过后自己一看，觉得好笑，选的仍然多是考据的东西。我大概已经病入膏肓，脑袋瓜变成了花岗岩，已经快到不可救药的程度了。于是决心改弦更张，又得我多年的助手李铮先生之助，终于选成了现在这个样子。这里面不能说没有涉及禅趣，也不能说没有涉及人生。但是，把这些文章综合起来看，我自己的印象是一碗京海杂烩。可这种东西为什么竟然敢拿出来给人看呢？自己"藏拙"不是更好吗？我的回答是：我在任何文章中讲的都是真话，我不讲半句谎话。而且我已经到了耄耋之年，一生并不是老走阳光大道，独木小桥我也走过不少。因此，酸、甜、苦、辣，悲、欢、离、合，我都尝了个够。发为文章，也许对读者，特别是青年读者，不无帮助。这就是我斗胆拿出来的原因。倘若读者——不管是老中青年——真正能从我在长达八十多年对生活的感悟中学到一点有益的东西，那我就十分满意了。至于杨女士来信中提到的那一些想法或者要求，我能否满足或者满足到什么程度，那就只好请杨女士自己来下判断了。是为序。

1995年8月15日于北大燕园

《人生漫谈》自序

约莫在三年前，我接到上海《新民晚报》"夜光杯"版的编辑贺小钢（我不加"同志""女士""小姐"等敬语，原因下面会说到的）的来信，约我给"夜光杯"写点文章。这实获我心。专就发行量来说，《新民晚报》在全国是状元，而且已有将近七十年的历史，在全国有口皆碑，谁写文章不愿意让多多益善的读者读到呢？我立即回信应允，约定每篇文章一千字，每月发两篇，主题思想是小钢建议的。我已经是一个耄耋老人，人生经历十分丰富，写点"人生漫谈"（原名"絮语"，因为同另一本书同名，改）之类的千字文，会对读者有些用处的。我认为，这话颇有道理，我确已经到了望九之年。古代文人（我非武人，只能滥竽文人之列）活到这个年龄的并不多，而且我还经历了中国几个时代，甚至"有幸"当了两个多月的宣统皇帝的臣民。我走遍了世界三十多个国家，应该说是识多见广，识透了芸芸众生相。如果我倚老卖老的话，我也有资格对青年们说："我吃过的盐比你们吃的面还多，我走过的桥比你们走过的路还长。"因此，写什么"人生漫谈"，是颇有条件的。

这种千字文属于杂文之列。据有学问的学者说，杂文必有所讽刺，应当锋利如匕首，行文似击剑。在这个行当里，鲁迅是公认的大家。但是，鲁迅所处的时代是阴霾蔽天，黑云压城的时代，讽刺确有对象，而且俯拾即是。今天已经换了人间，杂文这种形式还用得着吗？若干年前，中国文坛上确实讨论过这个问题。事不干己，高高挂起。我并没有怎样认真注意讨论的过程和结果。现在忽然有了这样一个意外的机会，对这个问题我就不能不加以考虑了。

自从改革开放以来，二十年内，原先那一种什么事情都要搞群众运动，一次搞七八年，七八年搞一次的十分令人费解的时代，已经一去不复返了。光天化日，乾坤朗朗，在政治、经济、文化、教育等各个方面都有了显著的进步和变化。人民的生活有了提高，人们的心情感到了舒畅。这个事实是谁也否定不了的。但是，天底下闪光的不都是金子。上面提到的那一些方面，阴暗面还是随处可见的。社会的伦理道德水平还有待于提高，人民的文化素质还有待于改善，丑恶的行为比比皆是。总之一句话，杂文时代并没有过去，匕首式的杂文，投枪式的抨击，还是十分必要的。

谈到匕首和投枪，我必须作一点自我剖析。我舞笔弄墨，七十年于兹矣。但始终认为，这是自己的副业，我从未敢以作家自居。在我眼中，作家是一个十分光荣的称号，并不是人人都能成为作家的。我写文章，只限于散文、随笔之类的东西，无论是抒情还是叙事，都带有感情的色彩或者韵味。在这方面，自己颇有一点心得和自信。至于匕首或投枪式的杂文，则决非自己之所长。像鲁迅的杂文，只能是我崇拜的对象，自己决不敢染指的。

还有一种文体，比如随感录之类的东西，这里要的不是匕首和投枪，而是哲学的分析，思想的深邃与精辟。这又非我之所长。我对哲学家颇有点不敬。我总觉得，哲学家们的分析细如毫毛，深如古井，玄之又玄，玄妙无门，在没有办法时，则乞灵于修辞学。这非我之所能，亦非我之所愿。

悲剧就出在这里。小钢交给我的任务，不属于前者，就属于后者。俗话说，扬长避短。我在这里却偏偏扬短避长。这是我自投罗网，奈之何哉！

小钢当然并没有规定我怎样写，这一出悲剧的产生，不由于环境，而由于性格。就算是谈人生经历吧，我本来也可以写"今天天气哈，哈，哈"一类的文章的，这样谁也不得罪，读者读了晚报上的文章，可以消遣，可以催眠。我这个作者可以拿到稿费。双方彼此彼此，各有所获，心照不宣，各得其乐。这样岂不是天下太平，宇宙和合了吗？

然而不行。我有一个缺点：有一股牛劲，总爱讲话，而且讲真话。谎话我也是说的，但那是不得已而为之，更多的还是讲真话。稍有社会经历的人都能知道，讲真话是容易得罪人的，何况好多人养成了"对号入座"的习惯，完全像阿Q一样，忌讳极多。我在上面已经说到过，当前的社会还是有阴暗面的，我见到了，如果闷在心里不说，便如骨鲠在喉，所以一吐为快。我的文字虽然不是匕首，不像投枪，但是，说不定什么时候就会碰到某一些人物的疮疤。在我完全不知道的情况下，就树了敌，结了怨，这是我咎由自取，怪不得他人。

至于另一种文体，那种接近哲学思辨的随感录，本非我之所长，因而写得不多。这些东西会受到受过西方训练的中国哲学家们的指责。但他们的指责我不但不以为耻，而且引以为荣。如果受到他们的"赞扬"，我将斋戒沐浴，痛自忏悔，搜寻我的"活思想"，以及"灵魂深处的一闪念"，坚决、彻底、干净、全部地痛改前非，以便不同这些人同流合污。讲到哲学，如果非让我加以选择的话，我宁愿选择中国古代哲学家的表达方式，不是分析，分析，再分析，而是以生动的意象，凡人的语言，综合的思维模式，貌似模糊而实颇豁亮，给人以总体的概念或者印象。不管怎么说，写这类的千字文我也决非内行里手。

把上面讲的归纳起来看一看，写以上说的两类文章，都非我之所长。幸而其中有一些文章不属于以上两类，比如谈学习外语等的那一些，可能对读者还有一些用处。但是，总起来看，在最初阶段，我对自己所写的东西信心是不大的，有时甚至想中止写作，另辟蹊径。常言道，实践是检验真理的唯一标准。出我意料，社会上对这些千字文反应不错。我时常接到一些来信，赞成我的看法，或者提出一些问题。从报刊上来看，有的短文——数目还不是太小——被转载，连一些僻远地区也不例外。这主要应该归功于《新民晚报》的威信；但是，自己的文章也不能说一点作用都没有起。这情况当然会使我高兴。于是坚定了信心，继续写了下去。一写就是三年，文章的篇数已经达到70篇了。

对于促成这一件不无意义的工作的《新民晚报》"夜光杯"的编辑贺小钢，我从来没有对于性别产生疑问，我也从来没有考虑过这个问题。试想钢是很硬的金属，即使是"小钢"吧，仍然是钢。贺小钢一定是一位身高丈二的赳赳武夫。我的助手李玉洁想的也完全同我一样，没有产生过任何怀疑。通信三年，没有见过面。今年春天，有一天，上海来了两位客人。一见面当然是先请教尊姓大名，其中有一位年轻女士，身材苗条，自报名姓："贺小钢"。我同玉洁同时一愣，认为自己的耳朵出了问题，连忙再问，回答仍然是"贺小钢"。为了避免误会，还说明了身份：上海《新民晚报》"夜光杯"的编辑。我们原来认为是男子汉大丈夫的却是一位妙龄靓女，我同玉洁不禁哈哈大笑。小钢有点莫名其妙。我们连忙解释，她也不禁陪我们大笑起来。古诗《木兰辞》中说："同行十二年，不知木兰是女郎。"这是古代的事，无可疑怪。现在是信息爆炸的时代，上海和北京又都是通都大邑，竟然还闹出了这样的笑话，我们还能不哈哈大笑吗？这也可能算是文坛——如果我们都算是在文坛上的话——上的一点花絮吧。

就这样，我同《新民晚报》"夜光杯"的文字缘算是结定了，我同小钢的文字缘算是结定了。只要我还能拿得起笔，只要脑筋还患不了痴呆症，我将会一如既往写下去的。既然写，就难免不带点刺儿。万望普天下文人贤士千万勿"对号入座"，我的刺儿是针对某一个现象的，决不针对某一个人。特此昭告天下，免伤和气。

1999年8月31日

缘分与命运

缘分与命运本来是两个词儿，都是我们口中常说，文中常写的。但是，仔细琢磨起来，这两个词儿含义极为接近，有时达到了难解难分的程度。

缘分和命运可信不可信呢？

我认为，不能全信，又不可不信。

我绝不是为算卦相面的"张铁嘴""王半仙"之流的骗子来张目。算八字算命那一套骗人的鬼话，只要一个异常简单的事实就能揭穿。试问普天之下——番邦暂且不算，因为老外那里没有这套玩意儿——同年、同月、同日、同时生的孩子有几万，几十万，他们一生的经历难道都能够绝对一样吗？绝对的不一样，倒近于事实。

可你为什么又说，缘分和命运不可不信呢？

我也举一个异常简单的事实。只要你把你最亲密的人，你的老伴——或者"小伴"，这是我创造的一个名词儿，年轻的夫妻之谓也——同你自己相遇，一直到"有情人终成了眷属"的经过回想一下，便立即会同意我的意见。你们可能是一个生在天南，一个生在海北，中间经过了不知道多少偶然的机遇，有的机遇简直是间不容发，稍纵即逝，可终究没有错过，你们到底走到一起来了。即使是青梅竹马的关系，也同样有个"机遇"问题。这种"机遇"是报纸上的词儿，哲学上的术语是"偶然性"，老百姓嘴里就叫做"缘分"或"命运"。这种情况，谁能否认，又谁能解释呢？没有办法，只好称之为缘分或命运。

北京西山深处有一座辽代古庙，名叫"大觉寺"。此地有崇山峻岭，茂林流泉，有三百年的玉兰树，二百年的藤萝花，是一个绝妙的地方。将近二十年前，我骑自行车去过一次。当时古寺虽已破败，但仍给我留下了深刻的印象，至今忆念难忘。去年春末，北大中文系的毕业生欧阳旭邀我们到大觉寺去剪彩。原来他下海成了颇有基础的企业家。他毕竟是书生出身，念念不忘为文化作贡献。他在大觉寺里创办了一个明慧茶院，以弘扬中国的茶文化。我大喜过望，准时到了大觉寺。此时的大觉寺已完全焕然一新，雕梁画栋，金碧辉煌，玉兰已开过而紫藤尚开，品茗观茶道表演，心旷神怡，浑然欲忘我矣。

将近一年以来，我脑海中始终有一个疑团：这个英年岐嶷的小伙子怎么会到深山里来搞这么一个茶院呢？前几天，欧阳旭又邀我们到大觉寺去吃饭。坐在汽车上，我不禁向他提出了我的问题。他莞尔一笑，轻声说："缘分！"原来在这之前他偕伙伴郊游，黄昏迷路，撞到大觉寺里来。爱此地之清幽，便租了下来，加以装修，创办了明慧茶院。

此事虽小，可以见大。信缘分与不信缘分，对人的心情影响是不一样的。信者胜可以做到不骄，败可以做到不馁，决不至胜则忘乎所以，败则怨天尤人。中国古话说："尽人事而听天命。"首先必须"尽人事"，否则馅饼儿决不会自己从天上落到你嘴里来。但又必须"听天命"。人世间，波诡云谲，因果错综。只有能做到"尽人事而听天命"，一个人才能永远保持心情的平衡。

1998年3月7日

走运与倒霉

走运与倒霉，表面上看起来，似乎是绝对对立的两个概念。世人无不想走运，而决不想倒霉。

其实，这两件事是密切联系的，互相依存的，互为因果的。说极端了，简直是"一而二，二而一者也"。这并不是我的发明创造。两千多年前的老子已经发现了，他说："祸兮福之所倚，福兮祸之所伏。孰知其极？其无正。"老子的"福"就是走运，"祸"就是倒霉。

走运有大小之别，倒霉也有大小之别，而两者往往是相通的。走的运越大，则倒的霉也越惨，两者之间成正比。中国有一句俗话："爬得越高，跌得越重。"形象生动地说明了这种关系。

吾辈小民，过着平平常常的日子，天天忙着吃、喝、拉、撒、睡，操持着柴、米、油、盐、酱、醋、茶。有时候难免走点小运，有的是主动争取来的，有的是时来运转，好运从天上掉下来的。高兴之余，不过喝上二两二锅头，飘飘然一阵了事。但有时又难免倒点小霉，"闭门家中坐，祸从天上来"，没有人去争取倒霉的。倒霉以后，也不过心里郁闷几天，对老婆孩子发点小脾气，转瞬就过去了。

但是，历史上和眼前的那些大人物和大款们，他们一身系天下安危，或者系一个地区、一个行当的安危。他们得意时，比如打了一个大胜仗，或者倒卖房地产、炒股票，发了一笔大财，意气风发，踌躇满志，自以为天上天下，唯我独尊。"固一世之雄也"，怎二两二锅头了得！然而一旦失败，不是自刎乌江，就是从摩天高楼跳下，"而今安在哉"！

从历史上到现在，中国知识分子有一个"特色"，这在西方国家是找不到的。中国历代的诗人、文学家，不倒霉则走不了运。司马迁在《太史公自序》中说："昔西伯拘羑里，演《周易》；孔子厄陈蔡，作《春秋》；屈原放逐，著《离骚》；左丘失明，厥有《国语》；孙子膑脚，而论兵法；不韦迁蜀，世传《吕览》；韩非囚秦，《说难》《孤愤》；《诗》三百篇，大抵贤圣发愤之所为作也。"司马迁算的这个总账，后来并没有改变。汉以后所有的文学大家，都是在倒霉之后，才写出了震古烁今的杰作。像韩愈、苏轼、李清照、李后主等一批人，莫不皆然。从来没有过状元宰相成为大文学家的。

了解了这一番道理之后，有什么意义呢？我认为，意义是重大的。它能够让我们头脑清醒，理解祸福的辩证关系：走运时，要想到倒霉，不要得意过了头；倒霉时，要想到走运，不必垂头丧气。心态始终保持平衡，情绪始终保持稳定，此亦长寿之道也。

1998年11月2日

世态炎凉

世态炎凉，古今所共有，中外所同然，是最稀松平常的事，用不着多伤脑筋。元曲《冻苏秦》中说："也素把世态炎凉心中暗忖。"《隋唐演义》中说："世态炎凉，古今如此。"不管是暗忖，还是明忖，反正你得承认这个"古今如此"的事实。

但是，对世态炎凉的感受或认识的程度，却是随年龄的大小和处境的不同而很不相同的，决非大家都一模一样。我在这里发现了一条定理：年龄大小与处境坎坷同对世态炎凉的感受成正比。年龄越大，处境越坎坷，则对世态炎凉感受越深刻。反之，年龄越小，处境越顺利，则感受越肤浅。这是一条放诸四海而皆准的定理。

我已到望九之年，在八十多年的生命历程中，一波三折，好运与多舛相结合，坦途与坎坷相混杂，几度倒下，又几度爬起来，爬到今天这个地步。我可是真正参透了世态炎凉的玄机，尝够了世态炎凉的滋味。特别是"十年浩劫"中，我因为胆大包天，自己跳出来反对"北大"那一位炙手可热的"老佛爷"，被戴上了种种莫须有的帽子，被"打"成了反革命，遭受了极其残酷的至今回想起来还毛骨悚然的折磨。从牛棚里放出来以后，有长达几年的时间，我成了燕园中一个"不可接触者"。走在路上，我当年辉煌时对我低头弯腰毕恭毕敬的人，那时却视我若路人，没有哪一个敢或肯跟我说一句话的。我也不习惯于抬头看人，同人说话。我这个人已经异化为"非－人"。一天，我的孙子发烧到40度，老祖和我用破自行车推着到校医院去急诊。一个女同事竟吃了老虎心豹子胆似的，帮我这个已经步履蹒跚的花甲老人推了推车。我当时感动得热泪盈眶，如吸甘露，如饮醍醐。这件事、这个人我毕生难忘。

雨过天晴，云开雾散，我不但"官"复原职，而且还加官晋爵，又开始了一段辉煌。原来是门可罗雀，现在又是宾客盈门。你若问我有什么想法没有，想法当然是有的，一个忽而上天堂，忽而下地狱，又忽而重上天堂的人，哪能没有想法呢？我想的是：世态炎凉，古今如此。任何一个人，包括我自己在内，以及任何一个生物，从本能上来看，总是趋吉避凶的。因此，我没怪罪任何人，包括打过我的人。我没有对任何人打击报复。并不是由于我度量特别大，能容天下难容之事，而是由于我洞明世事，又反求诸躬。假如我处在别人的地位上，我的行动不见得会比别人好。

1997年3月19日

爱　情

一

人们常说，爱情是文艺创作的永恒的主题。不同意这个意见的人，恐怕是不多的。爱情同时也是人生不可缺少的东西，即使后来出家当了和尚，与爱情完全"拜拜"；在这之前也曾蹚过爱河，受过爱情的洗礼，有名的例子不必向古代去搜求，近代的苏曼殊和弘一法师就摆在眼前。

可是为什么我写"人生漫谈"已经写了三十多篇，还没有碰爱情这个题目呢？难道爱情在人生中不重要吗？非也。只因它太重要，太普遍，但却又太神秘，太玄乎，我因而不敢去碰它。

中国俗话说："丑媳妇迟早要见公婆的。"我迟早也必须写关于爱情的漫谈的。现在，适逢有一个机会，我正读法国大散文家蒙田的随笔《论友谊》这一篇，里面谈到了爱情。

我干脆抄上几段，加以引申发挥，借他人的杯，装自己的酒，以了此一段公案。以后倘有更高更深刻的领悟，还会再写的。

蒙田说：我们不可能将爱情放在友谊的位置上。"我承认，爱情之火更活跃，更激烈，更灼热……但爱情是一种朝三暮四、变化无常的感情，它狂热冲动，时高时低，忽冷忽热，把我们系于一发之上。而友谊是一种普遍和通用的热情。……再者，爱情不过是一种疯狂的欲望，越是躲避的东西越要追求。……爱情一旦进入友谊阶段，也就是说，进入意愿相投的阶段，它就会衰弱和消逝。爱情是以身体的快感为目的，一旦享有了，就不复存在。"

总之，在蒙田眼中，爱情比不上友谊，不是什么好东西。我个人觉得，蒙田的话虽然说得太激烈，太偏颇，太极端；然而我们却不能不承认，它有合理的实事求是的一方面。

根据我个人的观察与思考，我觉得，世人对爱情的态度可以笼统分为两大流派：一派是现实主义，一派是理想主义。蒙田显然属于现实主义，他没有把爱情神秘化、理想化。如果他是一个诗人的话，他也决不会像一大群理想主义的诗人那样，写出些卿卿我我、鸳鸯蝴蝶，有时候甚至拿肉麻当有趣的诗篇，令普天下的才子佳人们击节赞赏。他干净利落地直言不讳，把爱情说成是"朝三暮四、变化无常的感情"。对某一些高人雅士来说，这实在有点大煞风景，仿佛在佛头上着粪一样。

我不才，窃自附于现实主义一派。我与蒙田也有不同之处：我认为，在爱情的某一个阶段上，可能有纯真之处。否则就无法解释，据说日本青年恋人在相爱达到最高潮时有的就双双跳入火山口中，让他们的爱情永垂不朽。

二

像这样的情况，在日本恐怕也是极少极少的。在别的国家，则未闻之也。

当然，在别的国家也并不缺少歌颂纯真爱情的诗篇、戏剧、小说，以及民间传说。莎士比亚的《罗密欧与朱丽叶》，中国的梁山伯与祝英台是世所周知的。谁能怀疑这种爱情的纯真呢？专就中国来说，民间类似梁祝爱情的传说，还能够举出不少来。至于"誓死不嫁"和"誓死不娶"的真实的故事，则所在多有。这样一来，爱情似乎真同蒙田的说法完全相违，纯真圣洁得不得了啦。

我在这里想分析一个有名的爱情的案例，这就是杨贵妃和唐玄宗的爱情故事，这是一个古今艳称的故事。唐代大诗人白居易的《长恨歌》歌颂的就是这一件事。你看，唐玄宗失掉了杨贵妃以后，他是多么想念，多么情深："夕殿萤飞思悄然，孤灯挑尽未成眠。"这一首歌最后两句诗是："天长地久有时尽，此恨绵绵无绝期。"写得多么动人心魄，多么令人同情，好像他们两人之间的爱情真正纯真到了无以复加的程度。但是，常识告诉我们，爱情是有排他性的，真正的爱情不容有一个第三者。可是唐玄宗怎样呢？"后宫佳丽三千人"，小老婆真够多的。即使是"三千宠爱在一身"，这"在一身"能可靠吗？白居易为唐代臣子，竟敢乱谈天子宫闱中事，这在明清是绝对办不到的。这先不去说它，白居易真正头脑简单到相信这爱情是纯真的才加以歌颂吗？抑或有别的原因？

这些封建的爱情"俱往矣"，今天我们怎样对待爱情呢？明人不说暗话，我是颇有点同意蒙田的意见的。中国古人说："食、色，性也。"爱情，特别是结婚，总是同"色"相联系的。家喻户晓的《西厢记》歌颂张生和莺莺的爱情，高潮竟是一幕"酬简"，也就是"以身相许"。个中消息，很值得我们参悟。

我们今天的青年怎样对待爱情呢？这我有点不大清楚，也没有什么青年人来同我这望九之年的老古董谈这类事情。据我所见所闻，那一套封建的东西早为今天的青年所扬弃。如果真有人想向我这爱情的盲人问道的话，我也可以把我的看法告诉他们。如果一个人不想终生独身的话，他必须谈恋爱以至结婚，这是"人间正道"。但是千万别浪费过多的时间，终日卿卿我我，闹得神魂颠倒，处心积虑，不时闹点小别扭，学习不好，工作难成，最终还可能"竹篮子打水一场空"。这真是何苦来！我并不提倡两人"一见倾心"，立即办理结婚手续。我觉得，两个人必须有一个互相了解的过程。这过程不必过长，短则半年，多则一年。余出来的时间应当用到"刀刃"上，搞点事业，为了个人，为了家庭，为了国家，为了世界。

三

已经写了两篇关于爱情的短文，但觉得仍然是言犹未尽，现在再补写一篇。像爱情这样平凡而又神秘的东西，这样一种社会现象或心理活动，即使再将篇幅扩大十倍，二十倍，一百倍，也是写不完的。补写此篇，不过聊补前两篇的一点疏漏而已。

在旧社会实行"父母之命，媒妁之言"的办法，男女青年不必伤任何脑筋，就入了洞房。我们可以说，结婚是爱情的开始。但是，不要忘记，也有"绿叶成荫子满枝"而终不知爱情为何物的例子，而且数目还不算太少。到了现代，实行自由恋爱了，有的时候竟成了结婚是爱情的结束。西方和当前的中国，离婚率颇为可观，就是一个具体的例证。据说，有的天主教国家教会禁止离婚。但是，不离婚并不等于爱情能继续，只不过是外表上合而不离，实际上则各寻所欢。

爱情既然这样神秘，相爱和结婚的机遇——用一个哲学的术语就是偶然性——又极其奇怪，极其突然，决非我们个人所能掌握的。在困惑之余，东西方的哲人俊士束手无策，还是老百姓有办法，他们乞灵于神话。

一讲到神话，据我个人的思考，就有中外之分。西方人创造了一个爱情，叫做 Jupiter 或 Cupid，是一个手持弓箭的童子，他的箭射中了谁，谁就坠入爱河。印度古代文化毕竟与欧洲古希腊、罗马有缘，他们也创造了一个叫做 Kamaolliva 的爱神，也是手持弓箭，被射中者立即相爱，决不敢有违。这个神话当然是同一来源，此不见论。

在中国，我们没有"爱神"的信仰，我们另有办法。我们创造了一个月老，他手中拿着一条红线，谁被红线拴住，不管是相距多么远，天涯海角，恍若比邻，两人必然走到一起，相爱结婚。从前西湖有一座月老祠，有一副对联是天下闻名的："愿天下有情人都成了眷属，是前生注定事莫错过姻缘。"多么质朴，多么有人情味！只有对某些人来说，"前生"和"姻缘"显得有点渺茫和神秘。可是，如果每一对夫妇都回想一下你们当初相爱和结婚的过程的话，你能否定月老祠的这一副对联吗？

我自己对这副对联是无法否认的，但又找不到"科学根据"。我倒是想忠告今天的年轻人，不妨相信一下。我对现在西方和中国青年人的相爱和结婚的方式，无权说三道四，只是觉得不大能接受。我自知年已望九，早已属于博物馆中的人物。我力避发九斤老太之牢骚，但有时又如骨鲠在喉不得不一吐为快耳。

1997年11月22日

第二辑　做人与处世

谦虚与虚伪

在伦理道德的范畴中，谦虚一向被认为是美德，应该扬。而虚伪则一向被认为是恶习，应该抑。

然而，究其实际，两者间有时并非泾渭分明，其区别间不容发。谦虚稍一过头，就会成为虚伪。我想，每个人都会有这种体会的。

在世界文明古国中，中国是最早提倡谦虚的国家。在中国最古的经典之一的《尚书·大禹谟》中就已经有了"满招损，谦受益，时（是）乃天道"这样的教导，把自满与谦虚提高到"天道"的水平，可谓高矣。从那以后，历代的圣贤无不张皇谦虚，贬抑自满。一直到今天，我们常用的词汇中仍然有一大批与"谦"字有联系的词儿，比如"谦卑""谦恭""谦和""谦谦君子""谦让""谦顺""谦虚""谦逊"等，可见"谦"字之深入人心，久而愈彰。

我认为，我们应当提倡真诚的谦虚，而避免虚伪的谦虚，后者与虚伪间不容发矣。

可是在这里我们就遇到了一个拦路虎：什么叫"真诚的谦虚"呢？什么又叫"虚伪的谦虚"？两者之间并非泾渭分明，简直可以说是因人而异，因地而异，因时而异，掌握一个正确的分寸难于上青天。

最突出的是因地而异，"地"指的首先是东方和西方。在东方，比如说中国和日本，提到自己的文章或著作，必须说是"拙作"或"拙文"。在西方各国语言中是找不到相当的词儿的，尤有甚者，甚至可能产生误会。中国人请客，发请柬必须说"洁治菲酌"，不了解东方习惯的西方人就会满腹疑团：为什么单单用"不丰盛的宴席"来请客呢？日本人送人礼品，往往写上"粗品"二字，西方人又会问：为什么不用"精品"来送人呢？在西方，对老师，对朋友，必须说真话，会多少，就说多少。如果你说，这个只会一点点儿，那个只会一星星儿，他们就会信以为真，在东方则不会。这有时会很危险的。至于吹牛之流，则为东西方同样所不齿，不在话下。

可是怎样掌握这个分寸呢？我认为，在这里，真诚是第一标准。虚怀若谷，如果是真诚的话，它会促你永远学习，永远进步。有的人永远"自我感觉良好"，这种人往往不能进步。康有为是一个著名的例子。他自称，年届而立，天下学问无不掌握。结果说康有为是一个革新家则可，说他是一个学问家则不可。较之乾嘉诸大师，甚至清末民初诸大师，包括他的弟子梁启超在内，他在学术上是没有建树的。

总之，谦虚是美德，但必须掌握分寸，注意东西。在东方谦虚涵盖的范围广，不能施之于西方，此不可不注意者。然而，不管东方或西方，必须出之以真诚，有意的过分的谦虚就等于虚伪。

1998年10月3日

做人与处世

　　一个人活在世界上，必须处理好三个关系：第一，人与大自然的关系；第二，人与人的关系，包括家庭关系在内；第三，个人心中思想与感情的矛盾与平衡的关系。这三个关系，如果能处理得好，生活就能愉快；否则，生活就有苦恼。

　　人本来也是属于大自然范畴的。但是，人自从变成了"万物之灵"以后，就同大自然闹起独立来，有时竟成了大自然的对立面。人类的衣食住行所有的资料都取自大自然，我们向大自然索取是不可避免的。关键是，怎样去索取？索取手段不出两途：一用和平手段，一用强制手段。我个人认为，东西文化之分野，就在这里。西方对待大自然的基本态度或指导思想是"征服自然"，用一句现成的套话来说，就是用处理敌我矛盾的方法来处理人与大自然的关系。结果呢，从表面上看上去，西方人是胜利了，大自然真的被他们征服了。自从西方产业革命以后，西方人屡创奇迹。楼上楼下，电灯电话。大至宇宙飞船，小至原子，无一不出自西方"征服者"之手。

然而，大自然的容忍是有限度的，它是能报复的，它是能惩罚的。报复或惩罚的结果，人皆见之，比如环境污染，生态失衡，臭氧层出洞，物种灭绝，人口爆炸，淡水资源匮乏，新疾病产生，如此等等，不一而足。这些弊端中哪一项不解决都能影响人类生存的前途。我并非危言耸听，现在全世界人民和政府都高呼环保，并采取措施。古人说："失之东隅，收之桑榆。"犹未为晚。

中国或者东方对待大自然的态度或哲学基础是"天人合一"。宋人张载说得最简明扼要："民，吾同胞；物，吾与也。""与"的意思是伙伴。我们把大自然看作伙伴，可惜我们的行为没能跟上。在某种程度上，也采取了"征服自然"的办法，结果也受到了大自然的报复。前不久南北的大洪水不是很能发人深省吗？

至于人与人的关系，我的想法是：对待一切善良的人，不管是家属，还是朋友，都应该有一个两字箴言：一曰真，二曰忍。真者，以真情实意相待，不允许弄虚作假。对待坏人，则另当别论。忍者，相互容忍也。日子久了，难免有点磕磕碰碰。在这时候，头脑清醒的一方应该能够容忍。如果双方都不冷静，必致因小失大，后果不堪设想。唐朝张公艺的"百忍"是历史上有名的例子。

至于个人心中思想感情的矛盾，则多半起于私心杂念。解之之方，唯有消灭私心，学习诸葛亮的"淡泊以明志，宁静以致远"，庶几近之。

1998年11月17日

牵就与适应

　　牵就，也作"迁就"。"牵就"和"适应"，是我们说话和行文时常用的两个词儿，含义颇有些类似之处；但是，一仔细琢磨，二者间实有差别，而且是原则性的差别。

　　根据词典的解释，《现代汉语词典》注"牵就"为"迁就"和"牵强附会"。注"迁就"为"将就别人"，举的例是："坚持原则，不能迁就。"注"将就"为"勉强适应不很满意的事物或环境"，举的例是："衣服稍微小一点，你将就着穿吧！"注"适应"为"适合（客观条件或需要）"，举的例子是"适应环境"。"迁就"这个词儿，古书上也有，《辞源》注为"舍此取彼，委曲求合"。

　　我说，二者含义有类似之处，《现代汉语词典》注"将就"一词时就使用了"适应"一词。

　　词典的解释，虽然头绪颇有点乱，但是，归纳起来，"牵就（迁就）"和"适应"这两个词儿的含义还是清楚的。"牵就"的宾语往往是不很令人愉快、令人满意的事情。在平常的情况下，这种事情本来是不能或者不想去做的。极而言之，有些事情甚至是违反原则的，违反做人的道德的，当然完全是不能去做的。但是，迫于自己无法掌握的形势，或者出于利己的私心，或者由于其他的什么原因，非做不行，有时候甚至昧着自己的良心，自己也会感到痛苦的。

根据我个人的语感，我觉得，"牵就"的根本含义就是这样，词典上并没有说清楚。

但是，又是根据我个人的语感，我觉得，"适应"同"牵就"是不相同的。我们每一个人都会经常使用"适应"这个词儿的。不过在大多数的情况下，我们都是习而不察。我手边有一本沈从文先生的《花花朵朵坛坛罐罐》，江曾祺先生的《代序：沈从文转业之谜》中有一段话说："一切终得变，沈先生是竭力想适应这种'变'的。"这种"变"，指的是解放。沈先生写信给人说："对于过去种种，得决心放弃，从新起始来学习。这个新的起始，并不一定即能配合当前需要，惟必能把握住一个进步原则来肯定，来完成，来促进。"沈从文先生这个"适应"，是以"进步原则"来适应新社会的。这个"适应"是困难的，但是正确的。我们很多人在解放初期都有类似的经验。

再拿来同"牵就"一比较，两个词儿的不同之处立即可见。"适应"的宾语，同"牵就"不一样，它是好的事物，进步的事物；即使开始时有点困难，也必能心悦诚服地予以克服。在我们的一生中，我们会经常不断地遇到必须"适应"的事务，"适应"成功，我们就有了"进步"。

简截地说：我们须"适应"，但不能"牵就"。

1998年2月4日

知足知不足

　　曾见冰心老人为别人题座右铭："知足知不足，有为有不为。"言简意赅，寻味无穷。特写短文两篇，稍加诠释。先讲知足知不足。

　　中国有一句老话"知足常乐"，为大家所遵奉。什么叫"知足"呢？还是先查一下字典吧。《现代汉语词典》说："知足：满足于已经得到的（指生活、愿望等）。"如果每个人都能满足于已经得到的东西，则社会必能安定，天下必能太平，这个道理是显而易见的。可是社会上总会有一些人不安分守己，癞蛤蟆想吃天鹅肉。这样的人往往要栽大跟头的。对他们来说，"知足常乐"这句话就成了灵丹妙药。

　　但是，知足或者不知足也要分场合的。在旧社会，穷人吃草根树皮，阔人吃燕窝鱼翅。在这样的场合下，你劝穷人知足，能劝得动吗？正相反，应当鼓励他们不能知足，要起来斗争。这样的不知足是正当的，是有重大意义的，它能伸张社会正义，能推动人类社会前进。

除了场合以外，知足还有一个分的问题。什么叫分？笼统言之，就是适当的限度。人们常说的"安分""非分"等，指的就是限度。这个限度也是极难掌握的，是因人而异、因地而异的。勉强找一个标准的话，那就是"约定俗成"。我想，冰心老人之所以写这一句话，其意不过是劝人少存非分之想而已。

至于知不足，在汉文中虽然字面上相同，其含义则有差别。这里所谓"不足"，指的是"不足之处"，"不够完美的地方"。这句话同"自知之明"有联系。

自古以来，中国就有一句老话："人贵有自知之明。"这一句话暗示给我们，有自知之明并不容易，否则这一句话就用不着说了。事实上也确实如此。就拿现在来说，我所见到的人，大都自我感觉良好。专以学界而论，有的人并没有读几本书，却不知天高地厚，以天才自居，靠自己一点小聪明——这能算得上聪明吗？——狂傲恣睢，骂尽天下一切文人，大有用一枚毛锥横扫六合之慨，令明眼人感到既可笑，又可怜。这种人往往没有什么出息的。因为，又有一句中国老话："学如逆水行舟，不进则退。"还有一句中国老话"学海无涯"，说的都是真理。但在这些人眼中，他们已经穷了学海之源，往前再没有路了，进步是没有必要的。他们除了自我欣赏之外，还能有什么出息呢？

古代希腊也认为自知之明是可贵的，所以语重心长地说出了"要了解你自己！"。中国同希腊相距万里，可竟说了几乎是一模一样的话，可见这些话是普遍的真理。中外几千年的思想史和科学史，也都证明了一个事实：只有知不足的人才能为人类文化作出贡献。

有为有不为

"为"，就是"做"。应该做的事，必须去做，这就是"有为"。不应该做的事必不能做，这就是"有不为"。

在这里，关键是"应该"二字。什么叫"应该"呢？这有点像仁义的"义"字。韩愈给"义"字下的定义是"行而宜之之谓义"。"义"就是"宜"。而"宜"就是"合适"，也就是"应该"，但问题仍然没有解决。要想从哲学上从伦理学上说清楚这个问题，恐怕要写上一篇长篇论文，甚至一部大书。我没有这个能力，也认为根本无此必要。我觉得，只要诉诸一般人都能够有的良知良能，就能分辨清是非善恶了，就能知道什么事应该做，什么事不应该做了。

中国古人说："勿以善小而不为，勿以恶小而为之。"可见善恶是有大小之别的，应该不应该也是有大小之别的，并不是都在一个水平上。什么叫大，什么叫小呢？这里也用不着烦琐的论证，只须动一动脑筋，睁开眼睛看一看社会，也就够了。

小恶、小善，在日常生活中，随时可见。比如在公共汽车上给老人和病人让座，能让，算是小善；不能让，也只能算是小恶，够不上大逆不道。然而，从那些一看到有老人或病人上车就立即装出闭目养神的样子的人身上，不也能由小见大看出社会道德的水平吗？

至于大善大恶，目前社会中也可以看到，但在历史上却看得更清楚。比如宋代的文天祥。他为元军所虏。如果他想活下去，屈膝投敌就行了，不但能活，而且还能有大官做，最多是在身后被列入"贰臣传"，"身后是非谁管得"，管那么多干嘛。然而他却高赋《正气歌》，从容就义，留下英名万古传，至今还在激励着我们全国人民的爱国热情。

通过上面举的一个小恶的例子和一个大善的例子，我们大概对大小善和大小恶能够得到一个笼统的概念了。凡是对国家有利，对人民有利，对人类发展、前途有利的事情就是大善，反之就是大恶。凡是对处理人际关系有利，对保持社会安定团结有利的事情可以称之为小善，反之就是小恶。大小之间有时难以区别，这只不过是一个大体的轮廓而已。

大小善和大小恶有时候是有联系的。俗话说：千里之堤，溃于蚁穴。拿眼前常常提到的贪污行为而论。往往是先贪污少量的财物，心里还有点打鼓。但是，一旦得逞，尝到甜头，又没被人发现，于是胆子越来越大，贪污的数量也越来越多，终至于一发而不可收拾，最后受到法律的制裁，悔之晚矣。也有个别的识时务者，迷途知返，就是所谓浪子回头者，然而难矣哉！

我的希望很简单，我希望每个人都能有为有不为。一旦"为"错了，就毅然回头。

2001年2月23日

难得糊涂

清代郑板桥提出来的亦书写出来的"难得糊涂"四个大字，在中国，真可以说是家喻户晓，尽人皆知的。一直到今天，二百多年过去了，但在人们的文章里，讲话里，以及嘴中常用的口语中，这四个字还经常出现，人们都耳熟能详。

我也是难得糊涂党的成员。

不过，在最近几个月中，在经过了一场大病之后，我的脑筋有点开了窍。我逐渐发现，糊涂有真假之分，要区别对待，不能眉毛胡子一把抓。

什么叫真糊涂，而什么又叫假糊涂呢？

用不着理论上的论证，只举几个小事例就足以说明了。例子就从郑板桥举起。

郑板桥生在清代乾隆年间，所谓康乾盛世的下一半。所谓盛世历代都有，实际上是一块其大无垠的遮羞布。在这块布下面，一切都照常进行。只是外寇来得少，人民作乱者寡，大部分人能勉强吃饱了肚子，"不识不知，顺帝之则"了。最高统治者的宫廷斗争，仍然是血腥淋漓，外面小民是不会知道的。历代的统治者都喜欢没有头脑没有思想的人；有这两个条件的只是士这个阶层。所以士一直是历代统治者的眼中钉。可离开他们又不行。于是胡萝卜与大棒并举。少部分争取到皇帝帮闲或帮忙的人，大致已成定局。等而下之，一大批士都只有一条向上爬的路——科举制度，成功与否，完全看自己的运气。翻一翻《儒林外史》，就能洞悉一切。但同时皇帝也多以莫须有的罪名大兴文字狱，杀鸡给猴看。统治者就这样以软硬兼施的手法，统治天下。看来大家都比较满意。但是我认为，这是真糊涂，如影随形，就在自己身上，并不"难得"。

我的结论是：真糊涂不难得，真糊涂是愉快的，是幸福的。

此事古已有之，历代如此。楚辞所谓"举世皆浊我独清，众人皆醉我独醒"，所谓"醉"，就是我说的糊涂。

可世界上还偏有郑板桥这样的人，虽然人数极少极少，但毕竟是有的。他们为天地留了点正气。他已经考中了进士。据清代的一本笔记上说，由于他的书法不是台阁体，没能点上翰林，只能外放当一名知县，"七品官耳"。他在山东潍县做了一任县太爷，又偏有良心，同情小民疾苦，有在潍县衙斋里所做的诗为证。结果是上官逼，同僚挤，他忍受不了，只好丢掉乌纱帽，到扬州当八怪去了。他一生诗书画中都有一种愤懑不平之气，有如司马迁的《史记》。他倒霉就倒在世人皆醉而他独醒，也就是世人皆真糊涂而他独必须装糊涂，假糊涂。

我的结论是：假糊涂才真难得，假糊涂是痛苦，是灾难。

现在说到我自己。

我初进三〇一医院的时候，始终认为自己患的不过是癣疥之疾。隔壁房间里主治大夫正与北大校长商议发出病危通告，我这里却仍然嬉皮笑脸，大说其笑话。终医院里的四十六天，我始终没有危机感。现在想起来，真正后怕。原因就在，我是真糊涂，极不难得，极为愉快。

　　我虔心默祷上苍，今后再也不要让真糊涂进入我身，我宁愿一生背负假糊涂这一个十字架。

2002年12月2日

在三○一医院于大夫护士嘈杂声中写成，亦一快事也

糊涂一点潇洒一点

最近一个时期，经常听到人们的劝告：要糊涂一点，要潇洒一点。

关于第一点糊涂问题，我最近写过一篇短文《难得糊涂》。在这里，我把糊涂分为两种，一个是真糊涂，一个是假糊涂。普天之下，绝大多数的人，争名于朝，争利于市。尝到一点小甜头，便喜不自胜，手舞足蹈，心花怒放，忘乎所以。碰到一个小钉子，便忧思焚心，眉头紧皱，前途黯淡，哀叹不已。这种人滔滔者天下皆是也。他们是真糊涂，但并不自觉。他们是幸福的，愉快的。愿老天爷再向他们降福。

至于假糊涂或装糊涂，则以郑板桥的"难得糊涂"最为典型。郑板桥一流的人物是一点也不糊涂的。但是现实的情况又迫使他们非假糊涂或装糊涂不行。他们是痛苦的。我祈祷老天爷赐给他们一点真糊涂。

谈到潇洒一点的问题，首先必须对这个词儿进行一点解释。这个词儿圆融无碍，谁一看就懂，再一追问就糊涂。给这样一个词儿下定义，是超出我的能力的。还是查一下词典好。《现代汉语词典》的解释是："（神情、举止、风貌等）自然大方，有韵致，不拘束。"看了这个解释，我吓了一跳。什么"神情""风貌"，又什么"韵致"，全是些抽象的东西，让人无法把握。这怎么能同我平常理解和使用的"潇洒"挂上钩呢？我是主张模糊语言的，现在就让"潇洒"这个词儿模糊一下吧。我想到中国六朝时代一些当时名士的举动，特别是《世说新语》等书所记载的，比如刘伶的"死便埋我"，什么雪夜访戴，等等，应该算是"潇洒"吧。可我立刻又想到，这些名士，表面上潇洒，实际上心中如焚，时时刻刻担心自己的脑袋。有的还终于逃不过去，嵇康就是一个著名的例子。

写到这里，我的思维活动又逼迫我把"潇洒"，也像糊涂一样，分为两类：一真一假。六朝人的潇洒是装出来的，因而是假的。

这些事情已经"俱往矣"，不大容易了解清楚。我举一个现代的例子。20 世纪 30 年代，我在清华读书的时候，一位教授（姑隐其名）总想充当一下名士，潇洒一番。冬天，他穿上锦缎棉袍，下面穿的是锦缎棉裤，用两条彩色丝带把棉裤紧紧地系在腿的下部。头上头发也故意不梳得油光发亮。他就这样飘飘然走进课堂，顾影自怜，大概十分满意。在学生们眼中，他这种矫揉造作的潇洒，却是丑态可掬，辜负了他一番苦心。

同这位教授唱对台戏的——当然不是有意的——是俞平伯先生。有一天，平伯先生把脑袋剃了个精光，高视阔步，昂然从城内的住处出来，走进了清华园。园内几千人中这是唯一的一个精光的脑袋，见者无不骇怪，指指点点，窃窃私议，而平伯先生则全然置之不理，照样登上讲台，高声朗诵宋代名词，摇头晃脑，怡然自得。朗诵完了，连声高呼："好！好！就是好！"此外再没别的话说。古人说："是真名士自风流。"同那位教英文的教授一比，谁是真风流，谁是假风流；谁是真潇洒，谁是假潇洒，昭然呈现于光天化日之下。

这一个小例子，并没有什么深文奥义，只不过是想辨真伪而已。

为什么人们提倡糊涂一点，潇洒一点呢？我个人觉得，这能提高人们的和为贵的精神，大大地有利于安定团结。

写到这里，这一篇短文可以说是已经写完了。但是，我还想加上一点我个人的想法。

当前，我国举国上下，争分夺秒，奋发图强，巩固我们的政治，发展我们的经济，期能在预期的时间内建成名副其实小康社会。哪里容得半点糊涂、半点潇洒！但是，我们中国人一向是按照辩证法的规律行动的。古人说："文武之道，一张一弛。"有张无弛不行，有弛无张也不行。张弛结合，斯乃正道。提倡糊涂一点，潇洒一点，正是为了达到这个目的的。

2002年12月18日

三思而行

　　"三思而行"，是我们现在常说的一句话。主要劝人做事不要鲁莽，要仔细考虑，然后行动，则成功的可能性会大一些，碰壁的可能性会小一些。

　　要数典而不忘祖，也并不难。这个典故就出在《论语·公冶长第五》："季文子三思而后行。子闻之曰：'再，斯可矣。'"这说明，孔老夫子是持反对意见的。吾家老祖宗文子（季孙行父）的三思而后行的举动，二千六七百年以来，历代都得到了几乎全天下人的赞扬，包括许多大学者在内。查一查《十三经注疏》，就能一目了然。《论语正义》说："三思者，言思之多，能审慎也。"许多书上还表扬了季文子，说他是"忠而有贤行者"。甚至有人认为三思还不够。《三国志·吴志·诸葛恪传注》中说：有人劝恪"每事必十思"。可是我们的孔圣人却冒天下之大不韪，批评了季文子三思过多，只思二次（再）就够了。

这怎么解释呢？究竟谁是谁非呢？

我们必须先弄明白，什么叫"三思"。总起来说，对此有两个解释，一个是"言思之多"，这在上面已经引过。一个是"君子之谋也，始衷（中）终皆举之而后入焉"。这话虽为文子自己所说，然而孔子以及上万上亿的众人却不这样理解。他们理解，一直到今天，仍然是"多思"。

多思有什么坏处呢？又有什么好处呢？根据我个人几十年来的体会，除了下围棋、象棋等以外，多思有时候能使人昏昏，容易误事。平常骂人说是"不肖子孙"，意思是与先人的行动不一样的人。我是季文子的最"肖"子孙。我平常做事不但三思，而且超过三思，是否达到了人们要求诸葛恪做的"十思"，没作统计，不敢乱说。反正是思过来，思过去，越思越糊涂，终而至头昏昏然，而仍不见行动，不敢行动。我这样一个过于细心的人，有时会误大事。我觉得，碰到一件事，决不能不思而行，鲁莽行动。记得当年在德国时，法西斯统治正如火如荼，一些盲目崇拜希特勒的人，常常使用一个词儿 Darauf-galngertum，意思是"说干就干，不必思考"。这是法西斯的做法，我们必须坚决扬弃。遇事必须深思熟虑，先考虑可行性，考虑的方面越广越好。然后再考虑不可行性，也是考虑的方面越广越好。正反两面仔细考虑完以后，就必须加以比较，作出决定，立即行动。如果你考虑正面，又考虑反面之后，再回头来考虑正面，又再考虑反面，那么，如此循环往复，终无宁日，最终成为考虑的巨人，行动的侏儒。

所以，我赞成孔子的"再，斯可矣"。

1997年5月11日

谈　孝

　　孝，这个概念和行为，在世界上许多国家中都是有的，而在中国独为突出。中国社会，几千年以来就是一个宗法伦理色彩非常浓的社会，为世界上任何国家所不及。

　　中国人民一向视孝为最高美德。嘴里常说的，书上常讲的三纲五常，又是什么三纲六纪，哪里也不缺少父子这一纲。具体地应该说"父慈子孝"是一个对等的关系。后来不知道是怎么一来，只强调"子孝"，而淡化了"父慈"，甚至变成了"天下无不是的父母"。古书上说："身体发肤，受之父母。"一个人的身体是父母给的，父母如果愿意收回去，也是可以允许的了。

　　历代有不少皇帝昭告人民："以孝治天下。"自己还装模作样，尽量露出一副孝子的形象。尽管中国历史上也并不缺少为了争夺王位导致儿子弑父的记载，野史中这类记载就更多。但那是天子的事，老百姓则是绝对不能允许的。如果发生儿女杀父母的事，皇帝必赫然震怒，处儿女以极刑中的极刑：万剐凌迟。在中国流传时间极长而又极广的所谓"教孝"中，就有一些提倡愚孝的故事，比如王祥卧冰、割股疗疾等都是迷信色彩极浓的故事，产生了不良的影响。

但是中华民族毕竟是一个极富于理性的民族，就在已经被视为经典的《孝经·谏诤章》中，我们可以读到下列的话：

> 昔者，天子有争臣七人，虽无道，不失其天下；诸侯有争臣五人，虽无道，不失其国；大夫有争臣三人，虽无道，不失其家；士有争友，则身不离于令名；父有争子，则身不陷于不义。故当不义，则子不可以不争于父，臣不可以不争于君；故当不义则争之。从父之令，又焉得为孝乎！

这话说得多么好呀，多么合情合理呀！这与"天下无不是的父母"这一句话形成了鲜明的对立。后者只能归入愚孝一类，是不足取的。

到了今天，我们应该怎样对待孝呢？我们还要不要提倡孝道呢？据我个人的观察，在时代变革的大潮中，孝的概念确实已经淡化了。不赡养老父老母，甚至虐待他们的事情，时有所闻。我认为，这是不应该的，是影响社会安定团结的消极因素。我们当然不能再提倡愚孝；但是，小时候父母抚养子女，没有这种抚养，儿女是活不下来的。父母年老了，子女来赡养，就不说是报恩吧，也是合乎人情的。如果多数子女不这样做，我们的国家和社会能负担起这个任务来吗？这对我们迫切要求的安定团结是极为不利的。这一点简单的道理，希望当今为子女者三思。

1999年5月14日

谈礼貌

眼下，即使不是百分之百的人，也是绝大多数的人，都抱怨现在社会上不讲礼貌。这完全有事实做根据的。前许多年，当时我腿脚尚称灵便，出门乘公共汽车的时候多，几乎每一次我都看到在车上吵架的人，甚至动武的人，起因都是微不足道的：你碰了我一下，我踩了你的脚，如此等等。试想，在拥拥挤挤的公共汽车上，谁能不碰谁呢？这样的事情也值得大动干戈吗？

曾经有一段时间，有关的机关号召大家学习几句话，"谢谢！""对不起！"等等，就是针对上述的情况而发的。其用心良苦，然而我心里却觉得不是滋味。一个有五千年文明的堂堂大国竟要学习幼儿园孩子们学说的话，岂不大可哀哉！

有人把不讲礼貌的行为归咎于新人类或新新人类。我并无资格成为新人类的同党，我已经是属于博物馆的人物了。但是，我却要为他们打抱不平。在他们诞生以前，有人早著了先鞭。不过，话又要说回来。新人类或新新人类确实在不讲礼貌方面有所创造，有所前进，他们发扬光大这种并不美妙的传统，他们（往往是一双男女）在光天化日之下，车水马龙之中，拥抱接吻，旁若无人，扬扬自得，连在这方面比较不拘细节的老外看了都目瞪口呆，惊诧不已。古人说："闺房之内，有甚于画眉者。"这是两口子的私事，谁也管不着。但这是在闺房之内的事，现在竟几乎要搬到大街上来，虽然还没有到"甚于画眉"的水平，可是已经很可观了。新人类还要新到什么程度呢？

如果一个人孤身住在深山老林中，你愿意怎样都行。可我们是处在社会中，这就要讲究点人际关系。人必自爱而后人爱之。没有礼貌是目中无人的一种表现，是自私自利的一种表现，如果这样的人多了，必然产生与社会不协调的后果。千万不要认为这是个人小事而掉以轻心。

现在国际交往日益频繁，不讲礼貌的恶习所产生的恶劣影响，已经不局限于国内，而是会流布全世界。前几年，我看到过一个什么电视片，是由一个意大利著名摄影家拍摄的，主题是介绍北京情况的。北京的名胜古迹当然都包罗无遗，但是，我的眼前忽然一亮：一个光着膀子的胖大汉骑自行车双手撒把，作打太极拳状，飞驰在天安门前宽广的大马路上，给人的形象是野蛮无礼。这样的形象并不多见，然而却没有逃过一个老外的眼光。我相信，这个电视片是会在全世界都放映的。它在外国人心目中会产生什么影响，不是一清二楚了吗？

最后，我想当一个文抄公，抄一段香港《大公报》上的话："富者有礼高贵，贫者有礼免辱，父子有礼慈孝，兄弟有礼和睦，夫妻有礼情长，朋友有礼义笃，社会有礼祥和。"

2001年1月29日

论朋友

　　人类是社会动物，一个人在社会中不可能没有朋友。任何人的一生都是一场搏斗。在这一场搏斗中，如果没有朋友，则形单影只，鲜有不失败者。如果有了朋友，则众志成城，鲜有不胜利者。

　　因此，在人类几千年的历史上，任何国家，任何社会，没有不重视交友之道的，而中国尤甚。在宗法伦理色彩极强的中国社会中，朋友被尊为五伦之一，曰"朋友有信"。我又记得什么书中说："朋友，以义合者也。""信""义"含义大概有相通之处。后世多以"义"字来要求朋友关系，比如《三国演义》"桃园三结义"之类就是。

　　《说文》对"朋"字的解释是："凤飞，群鸟从以万数，故以朋为朋党字。""凤"和"朋"大概只有轻唇音重唇音之别。对"友"的解释是"同志为友"。意思非常清楚。中国古代，肯定也有"朋友"二字连用的，比如《孟子》。《论语》"有朋自远方来，不亦说乎"却只用一个"朋"字。不知从什么时候起，"朋友"才经常连用起来。

在中国几千年的历史上，重视友谊的故事不可胜数。最著名的是管鲍之交，钟子期和伯牙的知音故事等等，刘、关、张三结义更是有口皆碑。一直到今天，我们还讲究"哥儿们义气"，发展到最高程度，就是"为朋友两肋插刀"。只要不是结党营私，我们是非常重视交朋友的。我们认为，中国古代把朋友归入五伦是有道理的。

我们现在看一看欧洲人对友谊的看法。欧洲典籍数量虽然远远比不上中国，但是，称之为汗牛充栋也是当之无愧的。我没有能力来旁征博引，只能根据我比较熟悉的一部书来引证一些材料，这就是法国著名的《蒙田随笔》。

《蒙田随笔》上卷，第二十八章，是一篇《论友谊》的随笔。其中有几句话："我们喜欢交友胜过其他一切，这可能是我们本性所使然。亚里士多德说，好的立法者对友谊比对公正更关心。"

寥寥几句，充分说明西方对友谊之重视。蒙田接着说："自古就有四种友谊：血缘的、社交的、待客的和男女情爱的。"

这使我立即想到，中西对友谊含义的理解是不相同的。根据中国的标准，"血缘的"不属于友谊，而属于亲情。"男女情爱的"也不属于友谊，而属于爱情。对此，蒙田有长篇累牍的解释，我无法一一征引。我只举他对爱情的几句话：

爱情一旦进入友谊阶段，也就是说，进入意愿相投的阶段，它就会衰落和消逝。爱情是以身体的快感为目的，一旦享有了，就不复存在。相反，友谊越被人向往，就越被人享有，友谊只是在获得以后才会升华、增长和发展，因为它是精神上的，心灵会随之净化。

这一段话，很值得我们仔细推敲、品味。

1999年10月26日

论正义

我先说一件小事情：

我到德国以后，不久就定居在一个小城里，住在一座临街的三层楼上。街上平常很寂静，几乎一点声音都没有，只有一排树寂寞地站在那里。但有一天的下午，下面街上却有了骚动。我从窗子里往下一看，原来是两个孩子在打架。一个大约有十四五岁，另外一个顶多也不过八九岁，两个孩子平立着，小孩子的头只达到大孩子的胸部。无论谁也一看就知道，这两个孩子真是势力悬殊，不是对手。果然刚一交手，小孩子已经被打倒在地上，大孩子就骑在他身上，前面是一团散乱的金发，背后是两只舞动着的穿了短裤的腿，大孩子的身躯仿佛一座山似的镇在中间。清脆的手掌打到脸上的声音就拂过繁茂的树枝飘上楼来。

几分钟后，大孩子似乎打得疲倦了，就站了起来，小孩子也随着站起来。大孩子忽然放声大笑，这当然是胜利的笑声。但小孩子也不甘示弱，他也大笑起来，笑声超过了大孩子。

这似乎又伤了大孩子的自尊心，跳上去，一把抓住小孩子的金发，把他按在地上，自己又骑他身上。前面仍然又是一团散乱的金发，背后是两只舞动的腿。清脆的手掌打到脸上的声音又拂过繁茂的树枝飘上楼来。

这时观众愈来愈多，大半都是大人，有的把自行车放在路边也来观战，战场四周围满了人。但却没有一个人来劝解。等大孩子第二次站起来再放声大笑的时候，小孩子虽然还勉强奉陪，但眼睛里却已经充满了泪。他仿佛是一只遇到狼的小羊，用哀求的目光看周围的人，但看到的却是一张张含有轻蔑讥讽的脸。他知道从他们那里绝对得不到援助了。抬头猛然看到一辆自行车上有打气的铁管，他跑过去，把铁管抢在手里，预备回来再战。但在这时候却有见义勇为的人们出来干涉了。他们从他手里把铁管夺走，把他申斥了一顿，说他没有勇气，大孩子手里没有武器，他也不许用。结果他又被大孩子按在地上。

我开头就注意到住在对面的一位胖太太在用水擦窗子上的玻璃。大战剧烈的时候，我就把她忘记了。其间她做了些什么事情，我毫没看到。等小孩子第三次被按到地上，我正在注视着抓在大孩子手里的小孩子的散乱的金发和在大孩子背后舞动着的双腿，蓦地有一条白光从对面窗子里流出来，我连吃惊都没来得及，再一看，两个孩子身上已经洒满了水，观众也有的沾了光。大孩子立刻就起来，抖掉身上的水，小孩子也跟着爬起来，用手不停地摸头，想把水挤出来。大孩子笑了两声，小孩子也放声狂笑。观众也都大笑着，走散了。

我开头就说到这是一件小事情，但我十几年来多少大事情都忘记了，却偏不能忘记这小事情，而且有时候还从这小事情想了开去，想到许多国家大事。日本占领东北的时候，我正在北平的一个大学里做学生。当时政府对日本一点办法都没有，尽管学生怎样请愿，怎样卧轨绝食，政府却只能搪塞。无论嘴上说得多强硬，事实上却把一切希望都放在国际联盟上，梦想欧美强国能挺身出来主持"正义"。我当时虽然对政府的举措一点都不满意；但我也很天真地相信世界上有"正义"这一种东西，而且是可以由人来主持的。我其实并没有思索"究竟什么是正义"，我只是直觉地觉得这东西很是具体，一点也不抽象神秘。这东西既然有，有人来主持也自然是应当的。中国是弱国，日本是强国，以强国欺侮弱国，我们虽然丢了几省的地方，但有谁会说"正义"不是在我们这边呢？当然会有人替我们出来说话了。

但我很失望，我们的政府也同样失望。我当然很愤慨，觉得欧美列强太不够朋友，明知道"正义"是在我们这边，却只顾打算自己的利害，不来帮忙。我想我们的政府当道诸公也大概有同样的想法，而且一直到现在，事情已经过去十几年了，他们还似乎没有改变想法，他们对所谓"正义"还没有失掉信心。虽然屡次希望别人出来主持"正义"而碰了钉子，他们还仍然在那里做梦，梦到在虚无缥缈的神山那里有那么一件东西叫做"正义"。最近大连问题就是个好例子。

对政府这种坚忍不拔的精神和毅力，我非常佩服。但我更佩服的是政府诸公的固执。我自己现在却似乎比以前聪明点了，我现在已经确切知道了，世界上，除了在中国人的心里以外，并没有"正义"这一种东西，我仿佛学佛的人蓦地悟到最高的智慧，心里的快乐没有法子形容。让我得到这样一个奇迹似的"顿悟"的，就是上面说的那一件小事情。

那一件小事情虽然发生在德国，但从那里抽绎出来的教训却对欧美各国都适用。说明白点就是，欧美各国所崇拜的都是强者，他们只对强者有同情，物质方面的强同精神方面的强都一样，而且他们也不管这"强"是怎样造成的。譬如上面说到的那两个孩子，大孩子明明比小孩子大很多岁，身体也高得多，力量当然也强。相形之下，小孩子当然是弱小者，而且对这弱小他自己一点都不能负责任；但德国人却不管这许多。只要大孩子能把小孩子打倒，在他們眼裏，大孩子就成了英雄。他們能容許一個大孩子打一個小孩子；但卻不容許小孩子利用武器，這是不是因為他們認為倘用武器就不算好漢？或者認為這樣就不 fairplay？這一點我還不十分清楚。

我不是哲學家，但我卻想這樣談一個有點近於哲學的問題，我想把上面說的話引申一下，來談一談歐洲文明的特點。據我看歐洲文明一個最顯著的特點就是力的崇拜，身體的力和智慧的力都在內。這當然不自今日始，在很早的時候，他們已經有了這個傾向，所以他們要征服自然，要到各處去探險，要做別人不敢做的事情。在中世紀的時候，一個法官判決一個罪犯，倘若罪犯不服，他不必像現在這樣麻煩，要請律師上訴，他只要求同法官決鬥，倘若他勝了，一切判決就都失掉了效用。現在罪犯雖然不允許同法官決鬥了；但決鬥的風氣仍然流行在民間。一提到決鬥，他們千餘年來制定的很完整的法律就再沒有說話的權利，代替法律的是手槍利劍。另外還可以從一件小事情上看出這種傾向。在德國罵人，倘若應用我們的"國罵"，即便是從媽開始一直罵到三十六代的祖宗，他們也只搖搖頭，一點不了解。倘若罵他們是豬、是狗，他們也許會紅臉。但倘若罵他們是懦夫（Feigling），他們立刻就會跳起來同你拼命。可見他們認為沒有勇氣，沒有力量是最可恥的事情。反過來說，無論誰，只要有勇氣，有力量，他們就崇拜，根本不問這勇氣這力量用得是不是合理。誰有力量，"正義"就在誰那裏。力量就等於"正義"。

我以前每次讀俄國歷史，總有那一個問題：為什麼那幾個比較軟弱而溫和的皇帝都給人民殺掉，而那幾個剛猛暴戾而殘酷的皇帝，雖然當時人民怕他們，或者甚至恨他們，然而時代一過就成了人民崇拜的對象？最好的例子就是伊凡四世。他當時殘暴無道，拿殺人當兒戲，是一個在心理和生理方面都不正常的人。所以人民給他送了一個外號叫做"可怕的伊凡"。可见当时人民对他的感情并不怎样好。但时间一久，这坏感情全变了，民间产生了许多歌来歌咏甚至赞美这"可怕的伊凡"。在这些歌里，他已经不是"可怕的"，而是为人民所爱戴的人物了。这情形并不限于俄国，在别的地方也可以遇到。譬如希特勒，在他生前固然为人民所爱戴拥护，当他把整个的德国带向毁灭，自己也毁灭了以后，成千上万的人没有房子住，没有东西吃；几百年以来宏伟的建筑都烧成了断瓦颓垣；一切文化精华都荡然无存；论理德国人应该怎样恨他，但事实却正相反，我简直没有遇到多少真正恨他的人，这不是有点不可解吗？但倘若我们从上面说到的观点来看，就会觉得这一点都不奇怪了，可怕的伊凡、更可怕的希特勒都是强者，都有力量，力量就等于"正义"。

回来再看我们中国，就立刻可以看出来，我们对"正义"的看法同欧洲人不大相同。我虽然在任何书里还没有找到关于"正义"的定义；但一般人却对"正义"都有一个不成文法的共同看法，只要有正义感的人绝不许一个十四五岁的大孩子打一个八九岁的小孩子。在小说里我们常看到一个豪杰或剑客走遍天下，专打抱不平，替弱者帮忙。虽然一般人未必都能做到这一步；但却没有人不崇拜这样的英雄。中国人因为世故太深，所以弄到"各扫门前雪，不管他人瓦上霜"，有时候不敢公然出来替一个弱者说话；但他们心里却仍然给弱者表同情。这就是他们的正义感。

这正义感当然是好的；但可惜时代变了，我们被拖到现代的以白人为中心的世界舞台上去，又适逢我们自己泄气，处处受人欺侮。我们自己承认是弱者，希望强者能主持"正义"来帮我们的忙。却没有注意，我们心里的"正义"同别人的"正义"完全不是一回事，我们自己虽然觉得"正义"就在我们这里；但在别人眼里，我们却只是可怜的丑角，低能儿。欧美人之所以不帮助我们，并不像我们普通想到的，这是他们的国策。事实上他们看了我们这种猥猥琐琐不争气的样子，从心里感到厌恶。一个敢打欧美人耳光的中国人在欧美心目中的地位比一个只会向他们谄笑鞠躬的高等华人高得多。只有这种人他们才从心里佩服。可惜我们中国人很少有勇气打一个外国人的耳光，只会谄笑鞠躬，虽然心被填满了"正义"，也一点用都没有，仍然是左碰一个钉子，右碰一个钉子，一直碰到现在，还有人在那里做梦，梦到在虚无缥缈的神山那里有那么一件东西叫做"正义"。

我希望我们赶快从这梦里走出来。

1948年4月16日 于北京大学

漫谈伦理道德

　　现在，"以德治国"的口号已经响彻祖国大地。大家都认为，这个口号提得正确，提得及时，提得响亮，提得明白。但是，什么叫"德"呢？根据我的观察，笼统言之，大家都理解得差不多。如果仔细一追究，则恐怕是言人人殊了。

　　我不揣谫陋，想对"德"字进一新解。

　　但是，我既不是伦理学家，对哲学家们那些冗见别扭的分析阐释又不感兴趣。我只能用自己惯常用的野狐谈禅的方法来谈这个问题。既称野狐，必有其不足之处；但同时也必有其优越之处，他没有教条，不见框框，宛如天马行空，驰骋自如，兴之所至，灵气自生，谈言微中，搔着痒处，恐亦难免。坊间伦理学书籍为数必多，我一不购买，二不借阅，唯恐读了以后，"污染"了自己观点。

　　近若干年以来，我一直在考虑一个问题。人生一世，必须处理好三个关系：第一，人与大自然的关系，也就是天人关系；第二，人与人的关系，也就是社会关系；第三，个人身、口、意中正确与错误的关系，也就是修身问题。这三个关系紧密联系，互为因果，缺一不可。这些说法也许有人认为太空洞，太玄妙。我看有必要分别加以具体的说明。

首先谈人与大自然的关系。在人类成为人类之前，他们是大自然的一个不可或缺的组成部分。等到成为人类之后，就同自然闹起独立性来，把自己放在自然的对立面上。尤有甚者，特别是在西方，自从产业革命以后，通过所谓发明创造，从大自然中得到了一些甜头，于是诛求无餍，最终提出了"征服自然"的口号。他们忘记了一个基本事实，人类的衣、食、住、行的所有的资料都必须取给于大自然。大自然不会说话，"天何言哉！"但是却能报复。恩格斯说过："我们不能过分陶醉于我们对自然界的胜利，对于每一次这样的胜利，自然界都报复了我们。"在一百多年以前，大自然的报复还不十分明显，恩格斯竟能说出这样准确无误又含意深远的话，真不愧是马克思主义伟大的奠基人之一！到了今天，大自然的报复已经十分明显，十分触目惊心，举凡臭氧出洞、温室效应、全球变暖、淡水短缺、生态失衡、物种灭绝、人口爆炸、资源匮乏、新疾病产生、旧环境污染，如此等等，不胜枚举。其中哪一项如果得不到控制都能影响人类的生存前途。到了这样危急关头，世界上一些有识之士才憬然醒悟，开了一些会，采取了一些措施。世界上一些国家的领导人也知道要注意环保问题了。这都是好事；但是，根据我个人的看法，还是不够的。我们必须努力发出狮子吼，对全世界振聋发聩。

其次，我想谈一谈人与人的关系。自从人成为人以后，就逐渐形成了一些群体，也就是我们现在称之为社会的组织。这些群体形形色色，组织形式不同，组织原则也不同。但其为群体则一也。人与人之间，有时候利益一致，有时候也难免产生矛盾。举一个极其简单的例子，比如讲民主，讲自由，都不能说是坏东西；但又都必须加以限制。就拿大城市交通来说吧，绝对的自由是行不通的，必须有红绿灯，这就是限制。如果没有这个限制，大城市一天也存在不下去。这里撞车，那里撞人，弄得人人自危，不敢出门，社会活动会完全停止，这还能算是一个社会吗？这只是一个小例子，类似的大小例子还能举出一大堆来。因此，我们必须强调要处理好社会关系。

最后，我要谈一谈个人修身问题。一个人，对大自然来讲，它的对立面；对社会来讲，是它的最基本的组成部分，是它的细胞。因此，在宇宙间，在社会上，一个人所处的地位是十分关键的。一个人在思想、语言和行动方面的正确或错误是有重要意义的。一个人进行修身的重要性也就昭然可见了。

写到这里，也许有人要问：你不是谈伦理道德问题吗，怎么跑野马跑到正确处理三个关系上去了？我敬谨答曰：我谈正确处理三个关系，正是谈伦理道德问题。因为，三个关系处理好，人类才能顺利发展，社会才能阔步前进，个人生活才能快乐幸福，这是最高的道德，其余那些无数的烦琐的道德教条都是从属于这个最高道德标准的，这个道理，即使是粗粗一想，也是不难明白的。如果这三个关系处理不好，就要根据"不好"的程度而定为道德上有缺乏，不道德或"缺德"。严重的"不好"，就是犯罪。这个道理也是容易理解的。

全世界都承认，中国是伦理道德的理论和实践最发达的国家。中国伦理道德的基础是先秦时期的儒家打下的，在其后发展的过程中，又掺杂进来了一些道家思想和佛家思想，终于形成了现在这样一个伦理体系，仍在支配着我们的社会行动。这个体系貌似清楚，实则是一个颇为模糊的体系。三教信条你中有我，我中有你，决不是泾渭分明的。但仍以儒家为主，则是可以肯定的。

儒家的伦理体系在先秦初打基础时可以孔子和孟子为代表。孔子的学说的中心，也可以说是伦理思想的中心是一个"仁"字。这个说法已为学术界比较普遍地接受。孟子学说的中心，也可以说伦理思想的中心是"仁""义"二字。对此学术界没有异词。先秦其他儒家的学说，我们不一一论列了。至于先秦以后几千年儒家学者伦理道德的思想，我在这里也不一一论列了。一言以蔽之，他们基本上沿用孔孟的学说，间或有所增益或有新的解释，这是事物发展的必然规律，不足为怪。不这样，反而会是不可思议的。

多少年来，我个人就有个想法。我觉得，儒家伦理道德学说的重点不在理论而在实践。先秦儒家已经安排好了的：格物、致知、诚意、正心、修身、齐家、治国、平天下，是大家所熟悉的。这样的安排极有层次，煞费苦心，然而一点理论的色彩都没有。也许有人会说，人家在这里本来就不想讲理论而只想讲实践的。我们即使承认这一句话是对的，但是，什么是"仁"，什么是"仁""义"？这在理论上总应该有点交代吧，然而，提到"仁""义"的地方虽多，也只能说是模糊语言，读者或听者并不能得到一点清晰的概念。

秦代以后，到了唐代，以儒家道统传承人自命的大儒韩愈，对伦理道德的理论问题也并没有说清楚。他那一篇著名的文章《原道》一开头就说："博爱之谓仁，行而宜之之谓义，由是而之焉之谓道，足乎己无待于外之谓德。"句子读起来铿锵有力，然而他想什么呢？他只有对"仁"字下了一个"博爱"的定义，而这个定义也是极不深刻的。此外几乎全是空话。"行而宜之"的"宜"意思是"适宜"，什么是"适宜"呢？这等于没有说。"由是而之焉"的"之"字意思是"走"。"道"是人走的道路，这又等于白说。至于"德"字，解释又是根据汉儒那一套"德者得也"。读了仍然是让人莫名其妙。至于其他朝代的其他儒家学者对仁义道德的解释更是五花八门，莫衷一是。我不是伦理学者，现在也不是在写中国伦理学史，恕我不再一一列举了。

　　我在上面极其概括地讲了从先秦一直到韩愈儒家关于仁义道德的看法。现在，我忽然想到，我必须做一点必要的补充。我既然认为，处理好天人关系在道德范畴内居首要地位，我必须探讨一下，中国古代对于这个问题是怎样看的，换句话说，我必须探讨一下先秦时代一些有代表性的哲学家对天、地、自然等概念是怎样界定的。

　　首先谈"天"。一些中国哲学史认为，在春秋末期哲学家们争论的主要问题之一是，"天"是否是有人格有意志的神？这些哲学家大体上可以分为两个阵营：一个阵营主张不是，他们认为天是物质性的东西，就是我们头顶的天。这可以老子为代表。汉代《说文解字》的"天，颠也，至高无上"，可以归入此类。一个阵营的主张是，他们认为天就是上帝，能决定人类的命运，决定个人的命运。这可以孔子为代表。有一些中国哲学史袭用从苏联贩卖过来的办法，先给每一个哲学家贴上一张标签，不是唯心主义，就是唯物主义，把极端复杂的思想问题简单化了。这种做法为我所不取。

　　老子《道德经》中在几个地方都提到天、地、自然等等。他说："人法地，地法天，天法道，道法自然。"（二十五章）在这一段话里老子哲学的几个重要概念都出现了。他首先提出"道"这个概念，在他以后的中国哲学史上起着重要的作用。这里的"天"显然不是有意志的上帝，而是与"地"相对的物质性的东西。这里的"自然"是最高原则。老子主张"无为"，"自然"不就是"无为"吗？他又说："天地不仁，以万物为刍狗。"（五章）明确说天地是没有意志的。他又说："道之尊，德之贵，夫莫之命而常自然。"（五十一章）道德不发号施令，而是让万物自由自在地成长。总而言之，老子认为天不是神，而是物质的东西。

　　几乎可以说是与老子形成对立面的是孔子。在《论语》中有许多讲到"天"的地方。孔子虽然说"子不语怪力乱神"；但是，在他的心目中是有神的，只不过是"敬鬼神而远之"而已。"天"在孔子看来也是有人格有意志的神。孔子关于"天"的话我引几条："天何言哉？四时行焉，百物生焉，天何言哉？""天之将丧斯文也，后死者不得与于斯文也。天之未丧斯文也，匡人其如予何？""天生德于予，桓魋其如予何？"等等。孔子还提倡"天命"，也就是天的意志，天的命令，自命为孔子继承人的孟子，对"天"的看法同孔子差不多。那一段常被征引的话："天将降大任于斯人也，必先苦其心志，劳其筋骨，饿其体肤，空乏其身，行拂乱其所为。所以动心忍性，曾（增）益其所不能。"在这里，"天"也是一个有意志的主宰者。

也被认为是儒家的荀子，对"天"的看法却与老子接近，而与孔孟迥异其趣。他不承认天是有人格有意志的最高主宰者。有的哲学史家说，荀子直接把"天"解释为自然界。我个人认为，这是非常重要也非常正确的解释。荀子主要是在《天论》中对"天"做了许多唯物的解释，我不去抄录。我想特别提出"天养"说："财非其类以养其类，夫是之谓天养。"意思是说人类利用大自然养活自己。这也是很重要的思想。多少年前我曾写过一篇论文《"天人合一"新解》。我当时没有注意到荀子对"天"的解释，所以自命为"新解"，其实并不新了，荀子已先我二千多年言之矣。我的贡献在于结合当前世界的情况把"天人合一"归入道德最高标准而已。这一点我在上面讲天人关系一节中已经讲到，请读者参阅。

我在上面只讲了老子、孔子、孟子和荀子。其他诸子对"天"的看法也是五花八门的。因为同我要谈的问题无关，我不一一论列。我只讲一下墨子，他认为"天"是有意志的，这同儒家的孔孟差不多。

我的补充解释就到此为止。

尽管荀子对"天"的认识已经达到了很高的水平，但是支配中国思想界的儒家仍然是保守的。我想再回头分析一下上面已经提到过的格、致等八个层次。前五项都与修身有关，后三项则讲的是社会关系。没有一项是天人关系的。这是什么原因呢？根据我个人肤浅的看法，先秦儒家，大概同一般老百姓一样，觉得天离开人们远，也有点恍兮惚兮，不容易捉摸，而人际关系则是摆在眼前的，时时处处，都会碰上，不注意解决是不行的。我们汉族是一个偏重实际的民族。所以就把注意力大部分用在解决社会关系和个人修身上面了。

几千年来，在中国的封建社会中，有很多形成系列的道德教条，什么仁、义、礼、智、信，什么孝、悌、忠、信、礼、义、廉、耻，如此等等，不一而足。每一个人在社会中的地位也排列得井井有条，比如五伦之类。亲属间的称呼也有条不紊，什么姑夫，舅父，表姑，表舅等等，世界上哪一种语言也翻译不出来，甚至在当前的中国，除了年纪大的一些人以外，年青人自己也说不明白了。《白虎通》的三纲、六纪，陈寅恪先生认为是中国文化精义之所寄，可见中国这一些处理社会关系的准则在他心目中的重要地位了。

上面讲的是社会关系和个人修身问题。至于天人关系，除了先秦诸子所讲的以外，中国历代还有一种说法，就是所谓"天子"，说皇帝是上天的儿子。这种说法对皇帝和臣民都有好处。皇帝以此来吓唬老百姓，巩固自己的地位。臣下也可以适当地利用它来给皇帝一点制约，比如利用日食、月食、彗星出现等"天变"来向皇帝进谏，要他注意修德，要他注意自己的行动。这对人民多少有点好处。

把以上所讲的归纳起来看，本文中所讲三个关系，第二个关系社会关系和第三个个人修身问题，人们早已注意到了，而且一贯加以重视了。至于天人关系，虽也已注意到，但只是片面讲，其间的关系则多所忽略，特别是对大自然能够报复，则认识比较晚，这情况中西皆然。只是到了西方产业革命以后，西方科技发展迅猛，人们忘乎所以，过分相信人定胜天的力量，以致受到了自然的报复，才出现了恩格斯所说的那种情况。到了今天，世界上一些有识之士，其中包括一些国家领导人，如梦初醒，惊呼"环保"不止。然而，从世界范围来看，并不是每个人都清醒够了。污染大气，破坏生态平衡的举动仍然到处可见。我个人的看法是不容乐观，因此我才把处理好天人关系提高到伦理道德的高标准来加以评断。

从一部人类发展前进的历史来看，三个关系的各自的对立面并不是固定不变的，而是变动不居的。因此制约这些关系的伦理道德教条也不可能一成不变。各个时代，各个民族，各个国家，情况不一，要求不一，道德标准也不可能统一。因此，我们必须提出，对过去的道德标准一定要批判继承。过去适用的，今天未必适用。今天适用的，将来未必适用。在道德教条中有的寿命长，有的寿命短。有的可能适用于全人类，有的只能适用于某一些地区。适用于一切时代，一切地区，万古常青的道德教条恐怕是绝无仅有的。

文章已经写得很长，必须结束了。我再着重说明一下，我不是伦理学家，没有研究过伦理学史。我只是习惯于胡思乱想。我常感觉到，中国以及世界上道德教条多如牛毛，如粒粒珍珠，熠熠闪光。可是都有点各自为政，不相贯联。我现在不揣冒昧提出了一条贯穿众珠的线，把这些珠子穿了起来。是否恰当？自己不敢说。请方家不吝教正。

2001年5月25日

慈善是道德的积累

　　我是搞语言的，要我来讲道德，讲慈善，实在是有些惶恐。

　　什么是道德？这是一个大问题，可以写一本书。简单说来，道德是一种社会意识，是一种不依靠外力的特殊的行为规范。道德以善与恶、美与丑、真与伪等概念调整人与人、人与社会之间的关系。我国正处在一个大发展、大变革时期，稳定是第一位的，一定要处理好人与人、人与社会之间的关系。除了法律、行政手段的进一步强化和完善以外，道德是社会稳定发展必不可少的行为规范和调节手段。

　　在中国的传统道德中，伦理道德有很重要的位置，伦理就是解决人与人之间关系的，儒家讲的三纲六纪就是规定了君臣父子夫妇兄弟朋友之间关系的准则。这里有糟粕的地方，因为人与人之间应该是平等的，不应该谁是谁的纲。儒家强调要处理好人的各方面社会关系，还有许多值得批判吸收的东西。比方对父母的关系，中国人讲孝，这个孝字在英文里没有这样一个词，要用两个词才能表述这个意思。所以西方的老人晚年是十分凄凉的。中西的道德是有区别的。我举个例子，我在欧洲住的年头不少，我看小孩子打架，一个十六七岁，一个七八岁，^①结果小的被打倒了，哭一阵爬起来再打。要在中国就会有人讲了，大的怎么欺侮小的呢。他们那儿没人管，他们认为力量、拳头是第一位的，不管你大小，只要把别人打倒就是正当的。西方道德中也有对我们有用的。我国传统的伦理道德应批判继承，精华留下，糟粕去掉。对外国好的，也可以学习，不要排斥。

慈善是良好道德的发扬，又是道德积累的开端。孟子说："恻隐之心，仁之端也。"一个社会的良好的道德风尚，一个人良好的道德修养，不是从天上掉下来的，要宣传教育，要舆论引导，更要实践、参与。慈善是具有广泛群众性的道德实践。慈善可以是很高的层次，无私奉献，也可以有利己的目的，比如图个好名声，或者避税，或者领导号召不得不响应；为慈善付出的可以很大也可以很少，可以是金钱也可以是时间、精神，层次很多，幅度很大。不管在什么条件下，出于什么动机，只要他参与了，他就开始了他的道德积累。所以我主张慈善不要问动机。毛泽东同志讲动机与效果的辩证统一，我的理解，效果是决定因素。"四人帮"有个特点，就是抓活思想，抓活思想就是追究动机。过去有句古话，有心为善，虽善不赏，无心为恶，虽恶不罚，这是典型的动机唯心主义。

2001年

---

① 两个小孩疑为一个十四五岁，一个八九岁。写该篇文章时作者年纪较大，恐记忆有误。

漫谈撒谎

一

世界上所有的堂堂正正的宗教，以及古往今来的贤人哲士，无不教导人们：要说实话，不要撒谎。笼统来说，这是无可非议的。

最近读日本稻盛和夫、梅原猛著，卞立强译的《回归哲学》第四章，梅原和稻盛两人关于不撒谎的议论。梅原说："不撒谎是最起码的道德。自己说过的事要实行，如果错了就说错了——我希望现在的领导人能做到这样最普通的事。苏格拉底可以说是最早的哲学家，在苏格拉底之前有些人自称是诡辩家、智者。所谓诡辩家，就是能把白的说成黑的，站在 A 方或反 A 方同样都可以辩论。这样的诡辩家教授辩论术，曾经博得人们欢迎。原因是政治需要颠倒黑白的辩论术。"

在这里，我想先对梅原的话加上一点注解。他所说的"现在的领导人"，指的是像日本这样国家的政客。他所说的"政治需要颠倒黑白的辩论术"，指的是古代希腊的政治。

梅原在下面又说："苏格拉底通过对话揭露了掌握这种辩论术的诡辩家的无智。因而他宣称自己不是诡辩家，不是智者，而是'爱智者'。这是最初的哲学。我认为哲学家应当回归其原点，恢复语言的权威。也就是说，道德的原点是'不撒谎'。……不撒谎是道德的基本和核心。"

梅原把"不撒谎"提高到"道德原点"的高度，可见他对这个问题是多么重视。我们且看一看他的对话者稻盛是怎样对待这个问题的。稻盛首先表示同意梅原的意见。可是，随后他就撒谎问题作了一些具体的分析。他讲到自己的经历，他说，有一个他敬仰的颇有点浪漫气息的人对他说："稻盛，不能说假话，但也不必说真话。"他听了这话，简直高兴得要跳起来。接着他就写了下面一段话："我从小父母也是严格教导我不准撒谎。我当上了经营的负责人之后，心里还是这么想：说谎可不行啊！可是，在经营上有关企业的机密和人事等问题，有时会出现很难说真话的情况。我想我大概是为这些难题苦恼时而跟他商量的。他的这种回答在最低限度上贯彻了'不撒谎'的态度，但又不把真实情况和盘托出，这样就可以求得局面的打开。"

上面我引用了两位日本朋友的话，一位是著名的文学家，一位是著名的企业家。他们俩都在各自的行当内经过了多年的考验与磨炼，都富于人生经验。他们的话对我们会有启发的。我个人觉得，稻盛引用的他那位朋友的话："不能说假话，但也不必说真话！"最值得我们深思。我的意思就是，对撒谎这类的社会现象，我们要进行细致的分析。

二

我们中国的父母，同日本稻盛的父母一样，也总是教导子女：不要撒谎。可怜天下父母心，总希望自己的子女能做一个堂堂正正的人，一个诚实可靠的人。如果子女撒谎成性，就觉得自己脸面无光。

不但父母这样教导，我们从小受教育也接受这种要诚实、不撒谎的教育。我记得小学教科书上讲了一个故事，内容是：一个牧童在村外牧羊，有一天忽然想出了一个坏点子，大声狂呼："狼来了！"村里的人听到呼声，都争先恐后地拿上棍棒，带上斧刀，跑往村外，到了牧童所在的地方，那牧童却哈哈大笑，看到别人慌里慌张，觉得很开心，又很得意。谁料过了不久，果真有狼来了，牧童再狂呼时，村里的人却毫无动静，他们上当受骗一次，不想再重蹈覆辙。牧童的结果怎样，就用不着再说了。

所有这一些教导都是好的，但是也有一个共同的缺点，就是缺乏分析。

上面我说到，稻盛对撒谎问题是进行过一些分析的。同样，几百年前的法国大散文家蒙田，对撒谎问题也是作过分析的。在《蒙田随笔》上卷第九章《论撒谎者》中，蒙田写道："有人说，感到自己记性不好的人，休想成为撒谎者，这样说不无道理。我知道，语法学家对说假话和撒谎是作区别的。他们说，说假话是指说不真实的，但却信以为真的事，而撒谎一词源于拉丁语（我们的法语就源于拉丁语）。这个词的定义包含违背良知的意思，因此只涉及那些言与心违的人。"

大家一琢磨就能够发现，同样是分析，但日本朋友和蒙田的着眼点和出发点，都是不同的。其间区别是相当明显的，用不着再来啰唆。

记得鲁迅先生有一篇文章，讲的是一个阔人生子庆祝，宾客盈门，竞相献媚。有人说：此子将来必大富大贵。主人喜上眉梢。又有人说，此子将来必长命百岁。主人乐在心头。忽然有一个人说：此子将来必死。主人怒不可遏。但是，究竟谁说的是实话呢？

　　写到这里，我自己想对撒谎问题来进行点分析。我觉得，德国人很聪明，他们有一个词儿 Notlüge，意思是"出于礼貌而不得不撒的谎"。一般说来，不撒谎应该算是一种美德，我们应该提倡。但是不能顽固不化。假如你被敌人抓了去，完全说实话是不道德的，而撒谎则是道德的。打仗也一样。我们古人说"兵不厌诈"，你能说这是不道德吗？我想，举了这两个小例子，大家就可以举一反三了。

1996年12月7日

容　忍

人处在家庭和社会中，有时候恐怕需要讲点容忍的。

唐朝有一个姓张的大官，家庭和睦，美名远扬，一直传到了皇帝的耳中。皇帝赞美他治家有道，问他道在何处，他一气写了一百个"忍"字。这说得非常清楚：家庭中要互相容忍，才能和睦。这个故事非常有名。在旧社会，新年贴春联，只要门楣上写着"百忍家声"就知道这一家一定姓张。中国姓张的全以祖先的容忍为荣了。

但是容忍也并不容易。1935年，我乘西伯利亚铁路的车经苏联赴德国，车过中苏边界上的满洲里，停车四小时，由苏联海关检查行李。这是无可厚非的，入国必须检查，这是世界公例。但是，当时的苏联大概认为，我们这一帮人，从一个资本主义国家到另一个资本主义国家，恐怕没有好人，必须严查，以防万一。检查其他行李，我决无意见。但是，在哈尔滨买的一把最粗糙的铁皮壶，却成了被检查的首要对象。这里敲敲，那里敲敲，薄薄的一层铁皮决藏不下一颗炸弹的，然而他却敲打不止。我真有点无法容忍，想要发火。我身旁有一位年老的老外，是与我们同车的，看到我的神态，在我耳旁悄悄地说了句：Patience is the great virtue（容忍是很大的美德）。我对他微笑，表示致谢。我立即心平气和，天下太平。

看来容忍确是一件好事，甚至是一种美德。但是，我认为，也必须有一个界限。我们到了德国以后，就碰到这个问题。旧时欧洲流行决斗之风，谁污辱了谁，特别是谁的女情人，被污辱者一定要提出决斗。或用手枪，或用剑。普希金就是在决斗中被枪打死的。我们到了的时候，此风已息；但仍发生。我们几个中国留学生相约：如果外国人污辱了我们自身，我们要揣度形势，主要要容忍，以东方的恕道克制自己。但是，如果他们污辱我们的国家，则无论如何也要同他们玩儿命，决不容忍。这就是我们容忍的界限。幸亏这样的事情没有发生，否则我就活不到今天在这里舞笔弄墨了。

现在我们中国人的容忍水平，看了真让人气短。在公共汽车上，挤挤碰碰是常见的现象。如果碰了或者踩了别人，连忙说一声："对不起！"就能够化干戈为玉帛，然而有不少人连"对不起"都不会说了。于是就相吵相骂，甚至于扭打，甚至打得头破血流。我们这个伟大的民族怎么竟变成了这个样子！我在自己心中暗暗祝愿：容忍兮，归来！

1996年12月17日

忘

　　记得曾在什么地方听过一个笑话：一个人善忘。一天，他到野外去出恭。任务完成后，却找不到自己的腰带了。出了一身汗，好歹找到了，大喜过望，说道："今天运气真不错，平白无故地捡了一条腰带！"一转身，不小心，脚踩到了自己刚才拉出来的屎堆上。于是勃然大怒："这是哪一条混账狗在这里拉了一泡屎？"

　　这本来是一个笑话，在我们现实生活中，未必会有的。但是，人一老，就容易忘事糊涂，却是经常见到的事。

　　我认识一位著名的画家，本来是并不糊涂的。但是，年过八旬以后，却慢慢地忘事糊涂起来。我们将近半个世纪以前就认识了，颇能谈得来，而且平常也还是有些接触的。然而，最近几年来，每次见面，他把我的尊姓大名完全忘了。从眼镜后面流出来的淳朴宽厚的目光，落到我的脸上，其中饱含着疑惑的神气。我连忙说："我是季羡林，是北京大学的。"他点头称是。但是，过了没有五分钟，他又问我："你是谁呀！"我敬谨回答如上。在每一次会面中，尽管时间不长，这样尴尬的局面总会出现几次。我心里想：老友确是老了！

有一年，我们邂逅在香港。一位有名的企业家设盛筵，宴嘉宾。香港著名的人物参加为数颇多，比如饶宗颐、邵逸夫、杨振宁等先生都在其中。宽敞典雅、雍容华贵的宴会厅里，一时珠光宝气，璀璨生辉，可谓极一时之盛。至于菜肴之精美，服务之周到，自然更不在话下了。我同这一位画家老友都是主宾，被安排在主人座旁。但是正当觥筹交错，逸兴遄飞之际，他忽然站了起来，转身要走，他大概认为宴会已经结束，到了拜拜的时候了。众人愕然，他夫人深知内情，赶快起身，把他拦住，又拉回到座位上，避免了一场尴尬的局面。

前几年，中国敦煌吐鲁番学会在富丽堂皇的北京图书馆的大报告厅里举行年会。我这位画家老友是敦煌学界的元老之一，获得了普遍的尊敬。按照中国现行的礼节，必须请他上主席台并且讲话。但是，这却带来了困难。像许多老年人一样，他脑袋里刹车的部件似乎老化失灵。一说话，往往像开汽车一样，刹不住车，说个不停，没完没了。会议是有时间限制的，听众的忍耐也决非无限。在这危难之际，我同他的夫人商议，由她写一个简短的发言稿，往他口袋里一塞，叮嘱他念完就算完事，不悖行礼如仪的常规。然而他一开口讲话，稿子之事早已忘入九霄云外。看样子是打算从盘古开天辟地讲起。照这样下去，讲上几千年，也讲不到今天的会。到了听众都变成了化石的时候，他也许才讲到春秋战国！我心里急如热锅上的蚂蚁，忽然想到：按既定方针办。我请他的夫人上台，从他的口袋掏出了讲稿，耳语了几句。他恍然大悟，点头称是，把讲稿念完，回到原来的座位。于是一场惊险才化险为夷，皆大欢喜。

我比这位老友小六七岁。有人赞我耳聪目明，实际上是耳欠聪，目欠明。如人饮水，冷暖自知，其中滋味，实不足为外人道也。但是，我脑袋里的刹车部件，虽然老化，尚可使用。再加上我有点自知之明，我的新座右铭是：老年之人，刹车失灵，戒之在说。一向奉行不违，还没有碰到下不了台的窘境。在潜意识中颇有点沾沾自喜了。

然而我的记忆机构也逐渐出现了问题。虽然还没有达到画家老友那样"神品"的水平，也已颇有可观。在这方面，我是独辟蹊径，创立了有季羡林特色的"忘"的学派。

我一向对自己的记忆力，特别是形象的记忆，是颇有一点自信的。四五十年前，甚至六七十年前的一个眼神，一个手势，至今记忆犹新，召之即来，显现在眼前，耳旁，如见其形，如闻其声，移到纸上，即成文章。可是，最近几年以来，古旧的记忆尚能保存，对眼前非常熟的人，见面时往往忘记了他的姓名。在第一瞥中，他的名字似乎就在嘴边，舌上。然而一转瞬间，不到十分之一秒，这个呼之欲出的姓名，就蓦地隐藏了起来，再也说不出了。说不出，也就算了，这无关宇宙大事，国家大事，甚至个人大事，完全可以置之不理的。而且脑袋里像电灯似的断了的保险丝，还会接上的。些许小事，何必介意？然而不行，它成了我的一块心病。我像着了魔似的，走路，看书，吃饭，睡觉，只要思路一转，立即想起此事。好像是，如果想不出来，自己就无法活下去，地球就停止了转动。我从字形上追忆，没有结果；我从发音上追忆，结果杳然。最怕半夜里醒来，本来睡得香香甜甜，如果没有干扰，保证一夜幸福。然而，像电光石火一闪，名字问题又浮现出来。古人常说的平旦之气，是非常美妙的，然而此时却美妙不起来了。我辗转反侧，瞪着眼一直瞪到天亮。其苦味实不足为外人道也。但是，不知道是哪一位神灵保佑，脑袋又像电光石火似的忽然一闪，他的姓名一下子出现了。古人形容快乐常说"洞房花烛夜，金榜题名时"，差可同我此时的心情相比。

　　这样小小的悲喜剧，一出刚完，又会来第二出，有时候对于同一个人的姓名，竟会上演两出这样的戏。而且出现的频率还是越来越多。自己不得不承认，自己确实是老了。郑板桥说："难得糊涂。"对我来说，并不难得，我于无意中得之，岂不快哉！

　　然而忘事糊涂就一点好处都没有吗？

　　我认为，有的，而且很大。自己年纪越来越老，对于"忘"的评价却越来越高，高到了宗教信仰和哲学思辨的水平。苏东坡的词说："人有悲欢离合，月有阴晴圆缺，此事古难全。"他是把悲和欢，离和合并提。然而古人说：不如意事常八九。这是深有体会之言。悲总是多于欢，离总是多于合，几乎每个人都是这样。如果造物主——如果真有的话——不赋予人类以"忘"的本领——我宁愿称之为本能——，那么，我们人类在这么多的悲和离的重压下，能够活下去吗？我常常暗自胡思乱想：造物主这玩意儿（用《水浒》的词儿，应该说是"这话儿"）真是非常有意思。他（她？它？）既严肃，又油滑；既慈悲，又残忍。老子说："天地不仁，以万物为刍狗。"这话真说到了点子上。人生下来，既能得到一点乐趣，又必须忍受大量的痛苦，后者所占的比重要多得多。如果不能"忘"，或者没有"忘"这个本能，那么痛苦就会时时刻刻都新鲜生动，时时刻刻像初产生时那样剧烈残酷地折磨着你。这是任何人都无法忍受下去的。然而，人能"忘"，渐渐地从剧烈到淡漠，再淡漠，再淡漠，终于只剩下一点残痕；有人，特别是诗人，甚至爱抚这一点残痕，写出了动人心魄的诗篇，这样的例子，文学史上还少吗？

　　因此，我必须给赋予我们人类"忘"的本能的造化小儿大唱赞歌。试问，世界上哪一个圣人、贤人、哲人、诗人、阔人、猛人、这人、那人，能有这样的本领呢？

　　我还必须给"忘"大唱赞歌。试问：如果人人一点都不忘，我们的世界会成什么样子呢？

　　遗憾的是，我现在尽管在"忘"的方面已经建立了有季羡林特色的学派，可是自谓在这方面仍是钝根。真要想达到我那位画家朋友的水平，仍须努力。如果想达到我在上面说的那个笑话中人的境界，仍是可望而不可即。但是，我并不气馁，我并没有失掉信心，有朝一日，我总会达到的。勉之哉！勉之哉！

1993年7月6日

毁　誉

好誉而恶毁，人之常情，无可非议。

古代豁达之人倡导把毁誉置之度外。我则另持异说，我主张把毁誉置之度内。置之度外，可能表示一个人心胸开阔；但是，我有点担心，这有可能表示一个人的糊涂或颟顸。

我主张对毁誉要加以细致的分析。首先要分清：谁毁你？谁誉你？在什么时候？在什么地方？由于什么原因？这些情况弄不清楚，只谈毁誉，至少是有点模糊。

我记得在什么笔记上读到过一个故事。一个人最心爱的人，只有一只眼。于是他就觉得天下人（一只眼者除外）都多长了一只眼。这样毁誉能靠得住吗？

还有我们常常讲什么"党同伐异"，又讲什么"臭味相投"等等。这样的毁誉能相信吗？

孔门贤人子路"闻过则喜"，古今传为美谈。我根本做不到，而且也不想做到，因为我要分析：是谁说的？在什么时候，在什么地点，因为什么而说的？分析完了以后，再定"则喜"，或是"则怒"。喜，我不会过头。怒，我也不会火冒十丈，怒发冲冠。孔子说："野哉，也！"大概子路是一个粗线条的人物，心里没有像我上面说的那些弯弯绕。

我自己有一个颇为不寻常的经验。我根本不知道世界上有某一位学者，过去对于他的存在，我一点都不知道；然而，他却同我结了怨。因为，我现在所占有的位置，他认为本来是应该属于他的，是我这个"鸠"把他这个"鹊"的"巢"给占据了。因此，勃然对我心怀不满。我被蒙在鼓里，很久很久，最后才有人透了点风给我。我知道，天下竟有这种事，只能一笑置之。不这样又能怎样呢？我想向他道歉，挖空心思，也找不出丝毫理由。

大千世界，芸芸众生，由于各人禀赋不同，遗传基因不同，生活环境不同；所以各人的人生观、世界观、价值观、好恶观等等，都不会一样，都会有点差别。比如吃饭，有人爱吃辣，有人爱吃咸，有人爱吃酸，如此等等。又比如穿衣，有人爱红，有人爱绿，有人爱黑，如此等等。在这种情况下，最好是各人自是其是，而不必非人之非。俗语说："各扫自家门前雪，不管他人瓦上霜。"这话本来有点贬义，我们可以正用。每个人都会有友，也会有"非友"，我不用"敌"这个词儿，避免误会。友，难免有誉；非友，难免有毁。碰到这种情况，最好抱上面所说的分析的态度，切不要笼而统之，一锅糊涂粥。

好多年来，我曾有过一个"良好"的愿望：我对每个人都好，也希望每个人对我都好。只望有誉，不能有毁。最近我恍然大悟，那是根本不可能的。如果真有一个人，人人都说他好，这个人很可能是一个极端圆滑的人，圆滑到琉璃球又能长上脚的程度。

1997年6月23日

坏　人

积将近九十年的经验，我深知世界上确实是有坏人的。乍看上去，这个看法的智商只能达到小学一年级的水平。这就等于说"每个人都必须吃饭"那样既真实又平庸。

可是事实上我顿悟到这个真理，是经过了长时间的观察与思考的。

我从来就不是性善说的信徒，毋宁说我是倾向性恶说的。古书上说"天命之谓性"，"性"就是我们现常说的"本能"，而一切生物的本能是力求生存和发展，这难免引起生物之间的矛盾，性善又何从谈起呢？

那么，什么又叫做"坏人"呢，记得鲁迅曾说过，干损人利己的事还可以理解，损人又不利己的事千万干不得。我现在利用鲁迅的话来给坏人作一个界定：干损人利己的事是坏人，而干损人又不利己的事，则是坏人之尤者。

空口无凭，不妨略举两例。一个人搬到新房子里，照例大事装修，而装修的方式又极野蛮，结果把水管凿破，水往外流。住在楼下的人当然首蒙其害，水滴不止，连半壁墙都浸透了。然而此人却不闻不问，本单位派人来修，又拒绝入门。倘若墙壁倒塌，楼下的人当然会受害，他自己焉能安全！这是典型的损人又不利己的例子。又有一位"学者"，对某一种语言连字母都不认识，却偏冒充专家，不但在国内蒙混过关，在国外也招摇撞骗。有识之士皆嗤之以鼻。这又是一个典型的损人而不利己的例子。

根据我的观察，坏人，同一切有毒的动植物一样，是并不知道自己是坏人的，是毒物的。鲁迅翻译的《小约翰》里讲到一个有毒的蘑菇听人说它有毒，它说，这是人话。毒蘑菇和一切苍蝇、蚊子、臭虫等等，都不认为自己有毒。说它们有毒，它们大概也会认为这是人话。可是被群众公推为坏人的人，他们难道能说：说他们是坏人的都是人话吗？如果这是"人话"的话，那么他们自己又是什么呢？

根据我的观察，我还发现，坏人是不会改好的。这有点像形而上学了。但是，我却没有办法。天下哪里会有不变的事物呢？哪里会有不变的人呢？我观察的几个"坏人"偏偏不变。几十年前是这样，今天还是这样。我想给他们辩护都找不出词儿来。有时候，我简直怀疑，天地间是否有一种叫做"坏人基因"的东西？可惜没有一个生物学家或生理学家提出过这种理论。我自己既非生物学家，又非生理学家，只能凭空臆断。我但愿有一个坏人改变一下，改恶从善，堵住了我的嘴。

1999年7月24日

傻　瓜

天下有没有傻瓜？有的，但却不是被别人称作"傻瓜"的人，而是认为别人是傻瓜的人，这样的人自己才是天下最大的傻瓜。

我先把我的结论提到前面明确地摆出来，然后再条分缕析地加以论证。这有点违反胡适之先生的"科学方法"。他认为，这样做是西方古希腊亚里士多德首倡的演绎法，是不科学的。科学的做法是他和他老师杜威的归纳法，先不立公理或者结论，而是根据事实，用"小心的求证"的办法，去搜求证据，然后才提出结论。

我在这里实际上并没有违反"归纳法"。我是经过了几十年的观察与体会，阅尽了芸芸众生的种种相，去粗取精，去伪存真以后，才提出了这样的结论。为了凸现它的重要性，所以提到前面来说。

闲言少叙，书归正传。有一些人往往以为自己最聪明，他们争名于朝，争利于市，锱铢必较，斤两必争。如果用正面手段，表面上的手段达不到目的的话，则也会用些负面的手段，暗藏的手段，来蒙骗别人，以达到损人利己的目的。结果怎样呢？结果是：有的人真能暂时得逞，"春风得意马蹄疾，一日看遍长安花"。大大地辉煌了一阵，然后被人识破，由座上客一变而为阶下囚。有的人当时就能丢人现眼。《红楼梦》中有两句话说："机关算尽太聪明，反误了卿卿性命。"这话真说得又生动，又真实。我决不是说，世界上人人都是这样子，但是，从中国到外国，从古代到现代，这样的例子还算少吗？

原因何在？原因就在于：这些人都把别人当成了傻瓜。

我们中国有几句尽人皆知的俗话："善有善报，恶有恶报；不是不报，时候未到；时候一到，一切皆报。"这真是见道之言。把别人当傻瓜的人，归根结底，会自食其果。古代的统治者对这个道理似懂非懂。他们高叫："民可使由之，不可使知之。"是想把老百姓当傻瓜，但又很不放心，于是派人到民间去"采风"，采来了不少政治讽刺歌谣。杨震是聪明人，对向他行贿者讲出了"四知"。他知道得很清楚：除了天知、地知、你知、我知之外，不久就会有一个第五知：人知。他是不把别人当作傻瓜的，还是老百姓最聪明。他们中的聪明人说："若要人不知，除非己莫为。"他们不把别人当傻瓜。

可惜把别人当傻瓜的现象，自古亦然，于今犹烈。救之之道只有一条：不自作聪明，不把别人当傻瓜，从而自己也就不是傻瓜。哪一个时代，哪一个社会，只要能做到这一步，全社会就都是聪明人，没有傻瓜，全社会也就会安定团结。

1997年3月11日

隔　膜

　　鲁迅先生曾写过关于"隔膜"的文章，有些人是熟悉的。鲁迅的"隔膜"，同我们平常使用的这个词儿的含义不完全一样。我们平常所谓"隔膜"是指"情意不相通，彼此不了解"。鲁迅的"隔膜"是单方面的以主观愿望或猜度去了解对方，去要求对方。这样做，鲜有不碰钉子者。这样的例子，在中国历史上并不稀见。即使有人想"颂圣"，如果隔膜，也难免撞在龙犄角上，一命呜呼。

　　最近读到韩昇先生的文章《隋文帝抗击突厥的内政因素》（《欧亚学刊》第二期），其中有几句话："对此，从种族性格上斥责突厥'反复无常'，其出发点是中国理想主义感情性的'义'观念。国内伦理观念与国际社会现实的矛盾冲突，在中国对外交往中反复出现，深值反思。"这实在是见道之言，值得我们深思。我认为，这也是一种"隔膜"。

　　记得当年在大学读书时，适值九·一八事变发生，日军入寇东北。当时中国军队实行不抵抗主义，南京政府同时又派大员赴日内瓦国联（相当于今天的联合国）控诉，要求国联伸张正义。当时我还属于隔膜党，义愤填膺，等待着国际伸出正义之手。结果当然是落了空。我颇恨恨不已了一阵子。

在这里，关键是什么叫"义"？什么叫"正义"？韩文公说："行而宜之之谓义。"可是"宜之"的标准是因个人而异的，因民族而异的，因国家而异的，因立场不同而异的。不懂这个道理，就是"隔膜"。

懂这个道理，也并不容易。我在德国住了十年，没有看到有人在大街上吵架，也很少看到小孩子打架。有一天，我看到了，就在我窗外马路对面的人行道上，两个男孩在打架，一个大的约十三四岁，一个小的只有约七八岁①，个子相差一截，力量悬殊明显。不知为什么，两个人竟干起架来。不到一个回合，小的被打倒在地，哭了几声，立即又爬起来继续交手，当然又被打倒在地。如此被打倒了几次，小孩边哭边打，并不服输，日耳曼民族的特性，昭然可见。此时周围已经聚拢了一些围观者。我总期望，有一个人会像在中国一样，主持正义，说一句："你这么大了，怎么能欺负小的呢！"但是没有。最后还是对门住的一位老太太从窗子里对准两个小孩泼出了一盆冷水，两个小孩各自哈哈大笑，战斗才告结束。

这件小事给了我一个重要的教训：在西方国家眼中，谁的拳头大，正义就在谁手里。我从此脱离了隔膜党。

今天，我们的国家和人民都变得更加聪明了，与隔膜的距离越来越远了。我们努力建设我们的国家，使人民的生活水平越来越提高。对外我们决不侵略别的国家，但也决不允许别的国家侵略我们。我们也讲主持正义；但是，这个正义与隔膜是不搭界的。

2001年2月27日

---

① 两个小孩疑为一个十四五岁，一个八九岁。写该篇文章时作者年纪较大，恐记忆有误。

公德（一）

什么叫"公德"？查一查字典，解释是"公共道德"。这等于没有解释。继而一想，也只能这样。字典毕竟不是哲学教科书，也不是法律大全。要求它做详尽的解释，是不切实际的。

先谈事实。

我住在燕园最北部，北墙外，只隔一条马路，就是圆明园。门前有清塘一片，面积仅次于未名湖。时值初夏，湖水潋滟，波平如镜。周围垂杨环绕。柳色已由鹅黄转为嫩绿，衬上后面杨树的浓绿，浓淡分明，景色十分宜人。北大人口中称之为后湖。因为僻远，学生来者不多，所以平时显得十分清净。为了有利于居住者纳凉，学校特安上了木制长椅十几个，环湖半周。现在每天清晨和黄昏，椅子上总是坐满了人。据知情人的情报，坐者多非北大人，多来自附近的学校，甚至是外地来的游人。

　　这样一个人间仙境，能吸引外边的人来，我们这里的居民，谁也不会反对，有时还会窃喜。我们家住垂杨深处，却如入芝兰之室，久而不闻其香。有外来人来共同分享，焉得而不知喜呢？

　　然而且慢。这里不都是芝兰，还有鲍鱼。每天十点，玉洁来我家上班时，我们有时候也到湖边木椅上小坐。几乎每次都看到椅前地上，铺满了瓜子皮、烟头，还有不同颜色的垃圾。有时候竟有饭盒的残骸，里面吐满了鸡骨头和鱼刺。还有各种的水果皮，狼藉满地，看了令人头痛生厌，屁股再也坐不下去。有一次我竟看到，附近外国专家招待所的一对外国夫妇，手持塑料袋和竹夹，在椅子前面，弯腰曲背，捡地上的垃圾。我们的脸腾的一下子红了起来。看了这种情况，一个稍有公德心的中国人，谁还能无动于衷呢？我于是同玉洁约好：明天我们也带塑料袋和竹夹子来捡垃圾，企图给中国人挽回一点面子。捡这些垃圾并不容易。大件的好办，连小件的烟头也并不困难。最难捡的是瓜子皮，体积小而薄，数量多而广，吐在地上，脚一踩，就与泥土合二而一，一个个地从泥土中抠出来，真是煞费苦心。捡不多久，就腰酸腿痛，气喘吁吁了。本来是想出来纳凉的，却带一身臭汗回家。但我们心里却是高兴的，我们为我们国家做了一件小到不能再小的事情。此外，我们也有"同志"。一位邻居是新华社退休老干部。他同我们一样，对这种现象看不下去。有一次，我们看到他赤手空拳、搜捡垃圾。吾道不孤，我们更高兴了。

　　中华民族是伟大的民族，这一点，全世界谁也不敢否认。可是，到了今天，由于种种原因，一部分人竟然沦落到不知什么是公德，实在是给我们脸上抹黑。现在许多有识之士高呼提高人民素质，其中当然也包括道德素质。这实在是当务之急。

2002年5月28日

公德（二）

标题似乎应作"风化"，但是，因为第一，它与《公德（一）》所谈到的湖边木椅有关；第二，在这里，"有伤风化"与"有损公德"实在难解难分，因此仍作《公德》，加上一个（二）字。

话题当然要从木椅谈起。木椅既是制造垃圾的场所，又是谈情说爱的胜地。是否是同一批人同时并举，没有证明，不敢乱说。

在光天化日之下，大庭广众之中，亲人们，特别是夫妇们由于某种原因接一个吻，在任何文明国家中都允许的，不以为怪的。在中国古代，是不行的，这大概属于"非礼"的范围。

可是，到了今天，中国"现代化"了。洋玩意儿不停地涌入，上述情况也流行起来。这我并不反对。不过，我们中国有一部分人，特别是青年人，一学习外国，就不但是"弟子不必不如师"，而且有出蓝之誉。要证明嘛，远在天边，近在眼前，就在燕园后湖边木椅子上。

经常能够看到，在大白天，一对或多对青年男女，坐在椅子上。最初还能规规矩矩，不久就动手动脚，互抱接吻，不是一个，而是一串。然后，一个人躺在另外一个的怀里，仍然是照吻不已。最后则干脆一个人压在另一个的身上。此时，路人侧目，行者咋舌，而当事人则天上天下，唯我独尊，岿然不动，旁若无人。招待所里住的外国专家们大概也会从窗后外窥，自愧不如。

汉代张敞对宣帝说："闺房之内，夫妇之私，有过于画眉者。"但那是夫妇之间暗室里的事情。现在移于光天化日之下，岂能不令人吃惊！我不是说，在白天椅子上竟做起了闺房之内的事情来。但我们在捡垃圾时确实捡到过避孕套。那可能是夜间留下的，我现在不去考证了。

燕园后湖这一片地方，比较僻静。有小山蜿蜒数百米，前傍湖水，有茂林修竹，绿草如茵。有些地方，罕见人迹。真正是幽会的好地方。傍晚时见对对男女青年，携手搂腰，迤逦走过，倩影最终消失在绿树丛中。至于以后干些什么，那只能意会，而不必言传了。

一天晚上，一位原图书馆学系退休的老教授来看我，他住在西校门外。如果从我家走回家，应该出门向右转，走过我上面讲的那一条倚山傍湖的小径。但他却向左转，要经过未名湖，走出西门，这要多走好多路。我怪而问之。他说，之所以不走那一条小路，怕惊动了对对的野鸳鸯。对对者，不止一对也，我听了恍然大悟，立即想起了我们捡垃圾时捡到的避孕套。

故事讲完了，读者诸君以为这是"有伤风化"呢？还是"有损公德"？恐怕是二者都有吧。

2002年5月29日

公德（三）

已经写了两篇《公德》，但言犹未尽，再添上一篇。

改革开放以来，我国经济发展了，人民生活水平提高了，钱包鼓起来了。于是就要花钱。花钱花样繁多，旅游即其中之一。于是空前未有的旅游热兴起来了。国内的泰山、长城、黄山、张家界、九寨沟、桂林等逛厌了，于是出国，先是新、马、泰，后又扩大到欧美。大队人马出国旅游，浩浩荡荡，猗欤休哉！

我是赞成出国旅游的。这可以开阔人们的眼界，增长人们的见识，有百利而无一弊。而且，我多年来就有一个想法：西方人对中国很不了解。他们不懂"士别三日，当刮目相看"的道理，至今仍顽固抱住"欧洲中心主义"不放。这大大地不利于国际的相互了解，不利于人民之间友谊的增长。所以我就张皇"送去主义"，你不来拿，我就送去。然而送去也并不容易。现在中国人出国旅游，不正是送去的好机会吗？

然而，一部分中国游客送出去的不是中国文化，不是精华，而是糟粕。例子繁多，不胜枚举。我干脆做一次文抄公，从《参考消息》上转载的香港《亚洲周刊》上摘抄一点，以概其余。首先我必须声明一下，我不同意该刊"七宗罪"的提法。这只是不顾国格，不讲公德，还不能上纲到"罪"。这七宗是：

第一宗：脏。不讲公德，乱扔垃圾。拙文《公德（一）》讲的就是这个问题。

第二宗：吵。在飞机上，在火车上，在餐厅中，在饭店里，大声喧哗。

第三宗：抢。不守规则，不讲秩序，干什么都要抢先。

第四宗：粗。不懂起码的礼貌，不会说"谢谢！""对不起"。

第五宗：俗。在大饭店吃饭时，把鞋脱掉，赤脚坐在椅子上，或盘腿而坐。

第六宗：窘。穿戴不齐，令人尴尬。穿着睡衣，在大饭店里东奔西逛。

第七宗：泼。遇到不顺心的事，不但动口骂人，而且动手打人。

以上七宗，都是极其概括的。因为，细说要占极多的篇幅。不过，我仍然要突出一"宗"，这就是随地吐痰，我戏称之为"国吐"，与"国骂"成双成对。这是中国相当大一部分人的痼疾，屡罚不改。现在也被输出国外，为中国人脸上抹黑。

处在这种情况下，我们应该怎么办呢？想改变以上几种弊端，是长期的工作，国内尚且如此，何况国外。我们决不能因噎废食，停止出国旅游。出国旅游还是要继续的。能否采取一个应急的办法：在出国前，由旅游局或旅行社组织一次短期学习，把外国习惯讲清，把应注意的事项讲清。或许能起点作用。

2002年5月30日

公德（四）

已经写了三篇《公德》，但仍然觉得不够。现在再写上一篇，专门谈"国吐"。

随地吐痰这个痼疾，过去已经有很多人注意到了。记得鲁迅在一篇杂文中，谈到旧时代中国照相，常常是一对老年夫妇，分坐茶几左右，几前置一痰桶，说明这一对夫妇胸腔里痰多。据说，美国前总统访华时，特别买了一个痰桶，带回了美国。

中国官方也不是没有注意到这个现象。很多年以前，北京市公布了一项罚款的规定：凡在大街上随地吐痰者，处以五毛钱的罚款。有一次，一个人在大街上吐痰，被检查人员发现，立刻走过来，向吐痰人索要罚款。那个人处变不惊，立刻又吐一口痰在地上，嘴里说："五毛钱找钱麻烦，我索性再吐上一口，凑足一元钱，公私两利。"这个故事真实性如何，我不是亲身经历，不敢确说，但是流传得纷纷扬扬，我宁信其有，而不信其无。

也是在很多年以前，北大动员群众，反击随地吐痰的恶习。没有听说有什么罚款。仅在学校内几条大马路上，派人检查吐痰的痕迹，查出来后，用红粉笔圈一个圆圈，以痰迹为中心。这种检查简直易如反掌，隔不远，就能画一个大红圈。结果是满地斑斓，像是一幅未来派的图画。

结果怎样呢？在北京大街上照样能够看到和听到，左右不远，有人吭、咔一声，一团浓痰飞落在人行道上，熟练得有如大匠运斤成风，北大校园内也仍然是痰迹斑驳陆离。

我们中华民族是伟大的民族，是英勇善战的民族，我们能够以弱胜强，战胜了武装到牙齿的外敌和国内反动派，对像"国吐"这样的还达不到癣疥之疾的弊端竟至于束手无策吗？

更为严重的是，最近几年来，国际旅游之风兴。"国吐"也随之传入国外。据说，我们近邻的一个国家，为外国游人制定了注意事项，都用英文写成，独有一条是用汉文："请勿随地吐痰！"针对性极其鲜明。但却决非诬蔑。我们这一张脸往哪里摆呀！

治这样的顽症有办法没有呢？我认为，有的。新加坡的办法就值得我们参考。他们用的是严惩重罚。你要是敢在大街上吐一口痰，甚至只是丢一点垃圾，罚款之重让你多年难忘。如果在北京有人在大街上吐痰，不是罚五毛，而是罚五百元，他就决不敢再吐第二口了。但这要有两个先决条件：一是耐心的教育，不厌其烦地说明利害，苦口婆心。二是要有国家机关、法院和公安局等的有力支持，决不允许任何人耍赖。实行这个办法，必须持之以恒，而且推向全国。用不了几年的时间，"国吐"这种恶习就可以根除。这是我的希望，也是我的信念。

2002年6月4日

第三辑

纵浪大化中，不喜亦不惧

论压力

　　《参考消息》今年7月3日以半版的篇幅介绍了外国学者关于压力的说法。我也正考虑这个问题，因缘和合，不免唠叨上几句。

　　什么叫"压力"？上述文章中说："压力是精神与身体对内在与外在事件的生理与心理反应。"下面还列了几种特性，今略。我一向认为，定义这玩意儿，除在自然科学上可能确切外，在人文社会科学上则是办不到的。上述定义我看也就行了。

　　是不是每一个人都有压力呢？我认为，是的。我们常说，人生就是一场拼搏，没有压力，哪来的拼搏？佛家说，生、老、病、死、苦，苦也就是压力。过去的国王、皇帝，近代外国的独裁者，无法无天，为所欲为，看上去似乎一点压力都没有。然而他们却战战兢兢，时时如临大敌，担心边患，担心宫廷政变，担心被毒害被刺杀。他们是世界上最孤独的人，压力比任何人都大。大资本家钱太多了，担心股市升降，房地产价波动，等等。至于吾辈平民老百姓，"家家有一本难念的经"，这些都是压力，谁能躲得开呢？

压力是好事还是坏事？我认为是好事。从大处来看，现在全球环境污染，生态平衡破坏，臭氧层出洞，人口爆炸，新疾病丛生等等，人们感觉到了，这当然就是压力，然而压出来的却是增强忧患意识，增强防范措施，这难道不是天大的好事吗？对一般人来说，法律和其他一切合理的规章制度，都是压力。然而这些压力何等好啊！没有它，社会将会陷入混乱，人类将无法生存。这个道理极其简单明了，一说就懂。我举自己作一个例子。我不是一个没有名利思想的人——我怀疑真有这种人，过去由于一些我曾经说过的原因，表面上看起来，我似乎是淡泊名利，其实那多半是假象。但是，到了今天，我已至望九之年，名利对我已经没有什么用，用不着再争名于朝，争利于市，这方面的压力没有了。但是却来了另一方面的压力，主要来自电台采访和报刊以及友人约写文章。这对我形成颇大的压力。以写文章而论，有的我实在不愿意写；可是碍于面子，不得不应。应就是压力。于是"拨冗"苦思，往往能写出有点新意的文章。对我来说，这就是压力的好处。

压力如何排除呢？粗略来分类，压力来源可能有两类：一被动，一主动。天灾人祸，意外事件，属于被动，这种压力，无法预测，只有泰然处之，切不可杞人忧天。主动的源于自身，自己能有所作为。我的"三不主义"的第三条是"不嘀咕"，我认为：能做到遇事不嘀咕，就能排除自己制造成的压力。

1998年7月8日

论恐惧

法国大散文家和思想家蒙田写过一篇散文《论恐惧》。他一开始就说："我并不像有人认为的那样是研究人类本性的学者，对于人为什么恐惧所知甚微。"我当然更不是一个研究人类本性的学者，虽然在高中时候读过心理学这样一门课，但其中是否讲到过恐惧，早已忘到爪哇国去了。

可我为什么现在又写《论恐惧》这样一篇文章呢？

理由并不太多，也谈不上堂皇。只不过是因为我常常思考这个问题，而今又受到了蒙田的启发而已。好像是蒙田给我出了这样一个题目。

根据我读书思考的结果，也根据我自己的经验，恐惧这一种心理活动和行动是异常复杂的，决不是三言两语所能说得清楚的。人们可以从很多角度上来探讨恐惧问题。我现在谈一下我自己从一个特定角度上来研究恐惧现象的想法，当然也只能极其概括，极其笼统地谈。

我认为，应当恐惧而恐惧者是正常的，应当恐惧而不恐惧者是英雄，我们平常所说的从容镇定，处变不惊，就是指的这个。不应当恐惧而恐惧者是孱头。不应当恐惧而不恐惧者也是正常的。

两个正常的现象用不着讲，我现在专讲三两个不正常的现象。要举事例，那就不胜枚举。我索性专门从《晋书》里面举出两个事例，两个都与苻坚有关。《谢安传》中有一段话："玄等既破坚，有驿书至，安方对客围棋，看书既竟，便摄放床上，了无喜色，棋如故。客问之，徐答曰：'小儿辈遂已破贼。'"苻坚大兵压境，作为大臣的谢安理当恐惧不安，然而却竟这样从容镇定，至今传颂不已。所以，我称之为英雄。

《晋书·苻坚传》有下面这几段话："谢石等以既败梁成，水陆继进。坚与苻融登城而望王师，见部阵齐整，将士精锐，又北望八公山上草木皆类人形，顾谓融曰：'此亦勃敌也，何谓少乎！'忱然有惧色。"下面又说："坚大惭，顾谓其夫人张氏曰：'朕若用朝臣之言，岂见今日之事邪！当何面目复临天下乎？'潸然流涕而去。闻风声鹤唳。皆谓晋师之至。"这活生生地画出了一个孱头。敌兵压境，应当振作起来，鼓励士兵，同仇敌忾，可是苻坚自己却先泄了气。这样的人不称为孱头，又称之为什么呢？结果留下了两句著名的话：风声鹤唳，草木皆兵，至今还活在人民的口中，也可以说是流什么千古了。

如果想从《论恐惧》这一篇短文里吸取什么教训的话，那就是明明白白地摆在眼前的。我们都要锻炼自己，对什么事情都不要惊慌失措，而要处变不惊。

2001年3月13日

论博士

　　中国的博士和西方的博士不一样。

　　在一些中国人心目中，博士是学术生活的终结，而在西方国家，博士则只是学术研究的开端。

　　博士这个词儿，中国古代就有。唐代的韩愈就曾当过"国子博士"。这同今天的博士显然是不同的。今天的博士制度是继学士、硕士之后而建立起来的，是地地道道的舶来品。在这里，有人会提意见了：既然源于西方，为什么又同西方不一样呢？

　　这意见提得有理。但是，中国古代晏子说："橘生淮南，则为橘；生于淮北，则为枳。"土壤和气候条件一变，则其种亦必随之而变。在中国，除了土壤和气候条件以外，还有思想条件。西洋的博士到了中国，就是由于这个思想条件而变了味的。

　　在世界各国的历史中，中国封建阶段的历史最长。在长达两千多年的封建社会中，中国的知识分子上进之途只有一条，就是科举制度。这真是千军万马，独木小桥。从考秀才起，有的人历尽八十一难，还未必能从秀才而举人，从举人而进士，从进士而殿试点状元等等，最有幸运的人才能进入翰林院，往往已达垂暮之年，老夫耄矣。一生志愿满足矣，一个士子的一生可以画句号矣。

自从清末废科举以后，秀才、举人、进士之名已佚，而思想中的形象犹在。一推行西洋的教育制度，出现了小学、中学、大学、研究院等级别，于是就有人来作新旧对比：中学毕业等于秀才，大学毕业等于举人，研究生毕业等于进士，点了翰林等于院士。这两项都隐含着"博士"这一顶桂冠的影子。顺理成章，天衣无缝，新旧相当，如影随形。于是对比者心安理得，胸无凝滞了。如果让我打一个比方的话，我只能拿今天的素斋一定要烹调成鸡鱼鸭肉的形状来相比。隐含在背后的心理状态，实在是耐人寻味的。

君不见在今天的大学中，博士热已经颇为普遍，有的副教授，甚至有的教授，都急起直追，申报在职博士生。是否有向原来是自己的学生而今顿成博导的教授名下申请做博士生的例子，我不敢乱说。反正向比自己晚一辈的顿成博导的教授申请的则是有的，甚至还听说有位教授申请做博士生后自己却被批准为博导。万没有自己做自己的博士生的道理，不知这位教授如何处理这个问题。从前读前代笔记，说清代有一个人，自己的儿子已经成为大学士，当上了会试主考官。他因此不能再参加进士会试，大骂自己的儿子："这畜生让我戴假乌纱帽！"难道这位教授也会大发牢骚"批准我为博导让我戴假乌纱帽"吗？

中国眼前这种情况实为老外所难解，即如"老内"如不佞者，最初也迷惑不解。现在，我一旦顿悟：在中国当前社会中，封建思想意识仍极浓厚。在许多人的下意识里，西方传进来的博士的背后隐约闪动着进士和翰林的影子。

1998年9月19日

论教授

论了博士论教授。

教授，同博士一样，在中国是"古已有之"的，而今天大学里的教授，都是地地道道的舶来品，恐怕还是从日本转口输入的。

在中国古代，教授似乎只不过是一个芝麻绿豆大的小官。然而，成了舶来品以后，至少是在抗日战争之前，教授却是一个显赫的头衔。虽然没有法子给他定个几品官，然而一些教授却成了大丈夫，能屈能伸。进可以攻，退可以守，身子在北京，眼里看的、心里想的却在南京。有朝一日风雷动，南京一招手，便骑鹤下金陵，当个什么"行政院新闻局长"，或是什么部的司长之类的官，在清代恐怕抵得上一个三四品官，是"高干"了。一旦失意，仍然回到北京某个大学，教授的宝座还在等他哩。连那些没有这样神通的教授，也是工资待遇优厚，社会地位清高。存在决定意识，于是教授就有了架子，产生了一个专门名词"教授架子"。

日军侵华，衣冠南渡。大批的教授汇集在昆明、重庆。此时，神州板荡，生活维艰。教授们连自己的肚子都填不饱，想尽种种办法，为稻粱谋。社会上没有人瞧得起。连抬滑竿的苦力都敢向教授怒吼："愿你下一辈子仍当教授！"斯文扫地，至此已极。原来的"架子"现在已经没有地方去"摆"了。

1949 年以后，20 世纪 50 年代，工资相对优厚，似乎又有了点摆架子的基础。但是又有人说："知识分子翘尾巴，给他泼一盆凉水！"教授们从此一蹶不振，每况愈下。到了"十年浩劫"中，变成了"资产阶级反动学术权威"，不齿于士林。最后沦为"老九"，地位在"引车卖浆者流"之下了。

20 年前，十一届三中全会之后，拨乱反正，天日重明，教授们的工资待遇没有提高，而社会地位则有了改善，教授这一个行当又有点香了起来。从世界的教授制度来看，中国接近美国，数目没有严格限制，非若西欧国家，每个系基本上只有一两个教授。这两个制度孰优孰劣，暂且不谈。在中国，数目一不限制，便逐渐泛滥起来，逐渐膨胀起来，有如通货膨胀，教授膨胀导致贬值。前几年，某一省人民群众在街头巷尾说着一句顺口溜："教授满街走，××多如狗。"教授贬值的情况可见一斑。

现在，在大学中，一登"学途"，则有"不到教授非好汉"之概，于是一马当先，所向无前，目标就是教授。但是，从表面上看上去，达到目标就要过五关，其困难难于上青天。可是事实上却正相反，一转瞬间，教授可坐一礼堂矣。其中奥妙，我至今未能参悟。然而，跟着来的当然是教授贬值。这是事物的规律，是无法抗御的。

于是为了提高积极性，有关方面又提出了博士生导师（简称博导）的办法。无奈转瞬之间，博导又盈室盈堂，走上了贬值的道路。令人更担忧的是，连最高学术称号院士这个合唱队里也出现了不协调的音符。如果连院士都贬了值，我们将何去何从？

1998年10月2日

衣着的款式

在衣着方面，我是著名的顽固保守派。我有几套——套数不详——深蓝色卡其布的中山装。虽然衣龄长短不一，但是最年轻的也有十年以上的历史了。虽然同为深蓝，但其间毕竟还有细微差别。可是年深日久，又经过多次洗濯，其差别越来越难辨析。我顺手抓来，穿在身上。明眼人一看，就能看出是张冠李戴，我则老眼昏花，不辨雌雄，怡然自得。

对此我有自己的哲学基础：吃饭是为了自己，而穿衣则是为了别人。道理自明，不用辩证。哪有一个人穿着华丽，珠光宝气，天天坐在菱花镜前，顾影自怜？如果真正有的话，他或她距入疯人院的日期也不会远了。

谈到衣着的款式，我有一个非常具体的经验。五十多年前，回国初到上海，买了一件风雨衣，至今虽然袖子已经磨破，我仍然照穿不误。不意内行人忽然对我说：这正是当今最流行的款式！乍听之下，大吃一惊。继而思之，极有道理。

要举例子，就在手边。若干年前曾一度流行穿喇叭裤，一夜之间，仿佛有神力催动，满街盈巷，人山人海中无不喇叭矣。然而"蟪蛄不知春秋"，又在一夜之间，又仿佛有神风劲吹，喇叭一下子都销声匿迹了。我现在敢于预言：有朝一日，说不定在哪一天，喇叭又会君临大地。

我觉得，人类很注意衣着款式，这无关天下安危，可以不必去管。但是，人类在这一方面所表现出来的智慧却低得令我吃惊。什么皮尔·卡丹，什么这国巧匠，什么那国大师，挖空心思，花样翻新，翻来翻去，差别甚微。又来了我那句老话：三十年河东，三十年河西。你等着瞧吧。到了三十年，肯定翻了回来。如果真有一个造物的智者，他会从宇宙黑洞里什么地方，笑看我们这个小球上的自以为极其聪明的芸芸众生，就像我们看猴山的群猴。

这种极低的智慧还表现在另一个方面。同样一件衣服，从小商店里买，比从燕莎、蓝岛等商城里买，价钱会相差十倍二十倍。然而非工薪阶层的大款们却一定会弃小就大。衣服上又很难大书燕莎、蓝岛等字样，这会有碍美观。前几年有人戴舶来品的眼镜，会把原来的商标保留在镜片上，宁愿目光被挡，也在所不惜。这同某一些农民身着西装，打好领带，到田中去干活，同样让人感到不那么舒服。我真想成为一名服装设计师，把燕莎、蓝岛一类的字眼蕴藏在衣服的某一部分内，隐而不发，彰而不露。我一定能取得专利，成为大师。可惜我是志大才疏。像我这样的人，只配穿蓝卡其布的中山装。

1997年4月23日

漫谈消费

蒙组稿者垂青，要我来谈一谈个人消费。这实在不是最佳选择。因为我的个人消费无任何典型意义。如果每个人都像我这样，商店几乎都要关门大吉。商店越是高级，我越敬而远之。店里那一大堆五光十色、争奇斗艳的商品，有的人见了简直会垂涎三尺，我却是看到就头痛，而且窃作腹诽：在这些无限华丽的包装内包的究竟是什么货色，只有天晓得，我觉得人们似乎越来越蠢，我们所能享受的东西，不过只占广告费和包装费的一丁点儿，我们是让广告和包装牵着鼻子走的，愧为"万物之灵"。

谈到消费，必须先谈收入。组稿者让我讲个人的情况，而且越具体越好。我就先讲我个人的具体收入情况。我在50年代被评为一级教授，到现在已经四十多年了，尚留在世间者已为数不多，可以被视为珍稀动物，通称为"老一级"。

在北京工资区——大概是六区——每月345元。再加上中国科学院哲学社会科学部委员，每月津贴一百元。这个数目今天看起来实为微不足道。然而在当时却是一个颇大的数目，十分"不菲"。我举两个具体的例子：吃一次"老莫"（莫斯科餐厅），大约一元五到两元，汤菜俱全，外加黄油面包，还有啤酒一杯。如果吃烤鸭，不过六七块钱一只。其余依次类推。只需同现在的价格一比，其悬殊立即可见。从工资收入方面来看，这是我一生最辉煌的时期之一。这是以后才知道的，"当时只道是寻常"。到了今天，"老一级"的光荣桂冠仍然戴在头上，沉甸甸的，又轻飘飘的，心里说不出是什么滋味。实际情况却是"昔人已乘黄鹤去，此地空余老桂冠"。我很感谢，不知道是哪一位朋友发明了"工薪阶层"这一个词儿。这真不愧是天才的发明。幸乎？不幸乎？我也归入了这一个"工薪阶层"的行列。听有人说，在某一个城市的某大公司里设有"工薪阶层"专柜，专门对付我们这一号人的。如果真正有的话，这也不愧是一个天才的发明，俗话说："识时务者为俊杰。"他们都是不折不扣的"俊杰"。

我这个"老一级"每月究竟能拿多少钱呢？要了解这一点，必须先讲一讲今天的分配制度。现在的分配制度，同50年代相比，有了极大的不同，当年在大学里工作的人主要靠工资生活，不懂什么"第二职业"，也不允许有"第二职业"。谁要这样想，这样做，那就是典型的资产阶级思想，是同无产阶级思想对着干的，是最犯忌讳的。今天却大改其道。学校里颇有一些人有种种形式的"第二职业"，甚至"第三职业"。原因十分简单：如果只靠自己的工资，那就生活不下去。以我这个"老一级"为例，账面上的工资我是北大教员中最高的。我每月领到的工资，七扣八扣，拿到手的平均约七百至八百。保姆占掉一半，天然气费、电话费等等，约占掉剩下的四分之一。我实际留在手的只有三百元左右，我要用这些钱来付全体在我家吃饭的四个人的饭钱，这些钱连供一个人吃饭都有点捉襟见肘，何况四个人！"老莫"、烤鸭之类，当然可望而不可即。

可是我的生活水平，如果不是提高的话，也决没有降低。难道我点金有术吗？非也。我也有第 X 职业，这就是爬格子。格子我已经爬了六十多年，渐渐地爬出一些名堂来。时不时地就收到稿费，很多时候，我并不知道是哪一篇文章换来的。外文楼收发室的张师傅说："季羡林有三多，报刊多，有十几种，都是赠送的；来信多，每天总有五六封，来信者男女老幼都有，大都是不认识的人；汇单多。"我决非守财奴，但是一见汇款单，则心花怒放。爬格子的劲头更加昂扬起来。我没有作过统计，不知道每月究竟能收到多少钱。反正，对每月手中仅留三百元钱的我来说，从来没有感到拮据，反而能大把大把地送给别人或者家乡的学校。我个人的生活水平，确有提高。我对吃，从来没有什么要求。早晨一般是面包或者干馒头，一杯清茶，一碟炒花生米，从来不让人陪我凌晨 4 点起床，给我做早饭。午晚两餐，素菜为多。我对肉类没有好感。这并不是出于什么宗教信仰，我不是佛教徒，其他教徒也不是。我并不宣扬素食主义。我的舌头也没有生什么病，好吃的东西我是能品尝的。不过我认为，如果一个人成天想吃想喝，仿佛人生的意义与价值就在于吃喝二字。我真觉得无聊，"斯下矣"，食足以果腹，不就够了吗？因此，据小保姆告诉，我们平均四个人的伙食费不过五百多元而已。

至于衣着，更不在我考虑之列。在这方面，我是一个"利己主义者"。衣足以蔽体而已，何必追求豪华。一个人穿衣服，是给别人看的。如果一个人穿上十分豪华的衣服，打扮得珠光宝气，天天坐在穿衣镜前，自我欣赏，他（她）不是一个疯子，就是一个傻子。如果只是给别人去看，则观看者的审美能力和审美标准，千差万别，你满足了这一帮人，必然开罪于另一帮人，决不能使人人都高兴，皆大欢喜。反不如我行我素，我就是这一身打扮，你爱看不看，反正我不能让你指挥我，我是个完全自由自主的人。

因此，我的衣服，多半是穿过十年八年或者更长时间的，多半属于博物馆中的货色。俗话说："人靠衣裳马靠鞍。"以衣取人，自古已然，于今犹然。我到大店里去买东西，难免遭受花枝招展的年轻女售货员的白眼。如果有保卫干部在场，他恐怕会对我多加小心，我会成为他的重点监视对象。好在我基本上不进豪华大商店，这种尴尬局面无从感受。

讲到穿衣服，听说要"赶潮"，就是要赶上时代潮流，每季每年都有流行型式或款式，我对这些都是完全的外行。我有我的老主意：以不变应万变。一身蓝色的卡其布中山装，春、夏、秋、冬，永不变化。所以我的开支项下，根本没有衣服这一项。你别说，我们那一套"三十年河东，三十年河西"的"哲学"，有时对衣着型式也起作用。我曾在解放前的1946年在上海买过一件雨衣，至今仍然穿。有的专家说："你这件雨衣的款式真时髦！"我听了以后，大惑不解。经专家指点，原来五十多年流行的款式经过了漫长的沧桑岁月，经过了不知道多少变化，现在又在螺旋式上升的规律的指导下，回到了五十年前款式。我恭听之余，大为兴奋。我守株待兔，终于守到了。人类在衣着方面的一点小聪明，原来竟如此脆弱！

我在本文一开头就说，在消费方面我决不是一个典型的代表。看了我自己的叙述，一定会同意我这个说法的。但是，人类社会极其复杂，芸芸众生，有一箪食一瓢饮者；也有食前方丈，一掷千金者。绫罗绸缎、皮尔·卡丹、燕窝鱼翅、生猛海鲜，这样的人当然会有的。如果全社会都是我这一号的人，则所有的大百货公司都会关张的，那岂不太可怕了吗？所以，我并不提倡大家以我为师，我不敢这样狂妄。不过，话又说了回来，我仍然认为：吃饭穿衣是为了活着，但是活着决不是为了吃饭穿衣。

原载《东方经济》1997年第4期

论包装

我先提一个问题: 人类是变得越来越精呢? 还是越来越蠢?

答案好像是明摆着的: 越来越精。

在几千年有文化的历史上, 人类对宇宙, 对人世, 对生命, 对社会, 总之对人世间所有的一切, 越来越了解得透彻、细致, 如犀烛隐, 无所不明。例子伸手可得。当年中国人对月亮觉得可爱而又神秘, 于是就说有一个美女嫦娥奔入月宫。连苏东坡这个宋朝伟大的诗人, 也不禁要问出: "明月几时有? 把酒问青天。不知天上宫阙, 今夕是何年? "可是到了今天, 人类已经登上了月球, 连月球上的土块也被带到了地球上来。哪里有什么嫦娥? 有什么广寒宫?

人类倘不越变越精, 能做到这一步吗?

可是我又提出了问题, 说明适得其反。例子也是伸手即得, 我先举一个包装。

人类在社会上活动, 有时候是需要包装的。特别是女士们，在家中穿得朴朴素素；但是一出门，特别是参加什么"派对"（party，借用香港话），则必须打扮得珠光宝气、花枝招展，浑身洒上法国香水，走在大街上，高跟鞋跟敲地作金石声，香气直射十步之外，路人为之"侧目"。这就是包装，而这种包装，我认为是必要的。

可是还有另外一种包装，就是商品的包装。这种包装有时也是必要的，不能一概而论。我从前到香港，买国产的商品，比内地要便宜得多。一问才知道，原因是中国商品有的质量并不次于洋货，只是由于包装不讲究，因而价钱卖不上去。我当时就满怀疑惑，究竟是使用商品呢？还是使用包装？

我因而想到一件事，我们楼上一位老太太到菜市场上去买鸡，说是一定要黄毛的。卖鸡的小贩问老太太："你是吃鸡？还是吃鸡毛？"

到了今天，有一些商品的包装更达到了匪夷所思的地步。外面盒子，或木，或纸，或金属，往往极大。装扮得五彩缤纷，璀璨耀目。摆在货架上时，是庞然大物；提在手中或放在车中，更是运转不灵，左提，右提；横摆，竖摆，都煞费周折。及至拿到或运到家中，打开时也是煞费周折。在庞然大物中，左找，右找，找不到商品究在何处。很希望发现一张纸条上面写着：此处距商品尚有十公里！庶不致使我失去寻找的信心。据我粗略的统计，有的商品在大包装中仅占空间十分之一、二十分之一，甚至五十分之一。我想到那个鸡和鸡毛的故事，我不禁要问：我们使用的是商品，还是包装？而负担那些庞大的包装费用的，羊毛出在羊身上，还是我们这些顾客，而华美绝伦的包装，商品取出后，不过是一堆垃圾。

如果我回答我在开头时提出的问题：人类越变越蠢。你怎样反驳？！

1997年8月18日

一个值得担忧的现象

——再论包装

我在这里写的"值得担忧"，不限于中国，而是全世界。

我曾在本刊上写过一篇《论包装》的文章，内容主要是谈外面包装极大而里面的商品极小的问题。现在这一篇《再论包装》，主要谈的是外面包装和里面商品的价值问题。重点有所不同，而令人担忧则一也。

我先举一个小例子。

最近有友人从山东归来，带给我了一些周村烧饼。这是山东周村生产的一种点心。作料异常简单，只不过一点面粉、一点芝麻，再加上一点糖或盐，用水和好，擀成薄皮，做成圆饼，放在炉中烤干，即为成品，香脆可口，远近闻名，大概已经有几百年的历史了。因为成本极低，所以价钱不高。过去只是十个或八九个一摞，用白纸一包，即可出售。烧饼吃完，把纸一揉，变成垃圾，占地也不多。

常言道："士别三日，当刮目相看。"岂知这一句话也能应用到周村烧饼身上。现在友人送给我的这些烧饼，完全换了新装，不是白纸，而是铁盒，彩绘烫金，光彩夺目。夥颐！我的老朋友阔起来了！我不禁大为惊诧。

在惊诧之余，我又不禁忧心忡忡起来。我不是经济学家，这里也用不着经济学。只草草地估算一下，那几个烧饼能值几个钱？这金碧辉煌的铁盒又能值多少钱？显然后者比前者要贵得多。可是哪一个有使用价值呢？又显然只是前者。烧饼吃下去，可以充饥，可以转变成营养成分，增强人的身体。铁盒，如果只有一两个的话，小孩子可以拿着玩一玩。如果是成千上万的话，却只能变成了垃圾，遭人遗弃。《论包装》中提到的那一些大而无当的包装，把其中小小的一点商品取出来后，也都成为垃圾。

这有点像中国古书上的一个典故："买椟还珠。"但是，这个典故不过是讥笑舍本逐末，取舍不当而已，那个椟还是有用的，决不会变成垃圾。

古代人生活简朴，没有多少垃圾，也决不会自己制造垃圾。到了今天，人类大大地进步了。然而却越来越蠢了，会自己制造垃圾，以致垃圾成为一个世界性问题。每一个国家的政府都为处理垃圾而大伤脑筋，至今也还没有能找到一个行之有效的办法。如此持续下去，将来的人类只能在垃圾堆里讨生活了。

但是，还有更严重的问题。人类衣、食、住、行的资料都取之于大自然。但是，小小的一个地球村里资源毕竟是有限的。当年苏东坡说："惟江上之清风，与山间之明月，耳得之而为声，目遇之而成色，取之无禁，用之不竭，是造物者之无尽藏也。"东坡认为造物无尽藏，是不正确的。造物是有尽藏的，用之是有竭的。可惜到了今天，世人还多是浑浑噩噩，懵懵懂懂，毫无反思悔改之意。尤其是那一个以世界警察自居的大国，在使用大自然资源方面，肆无忌惮地浪费，真不禁令人发指。有识之士已经感觉到，人类已经是"盲人骑瞎马，夜半临深池"，但感觉到这种危险者不多。这是事实，并不是我一个人的杞忧。

我希望有聪明智慧的中国人，悬崖勒马，改弦更张，再也不制造那一种大而无当的商品包装和那种金碧辉煌的商品铁盒，给我们的子孙后代多留下一点大自然的资源。

2002年5月10日

论"据理力争"

　　读徐怀谦的新著《拍案不再惊奇》，十分高兴。书中的杂文有事实，有根据，有分析，有理论，有观点，有文采。的确是一部非常优秀的杂文集。

　　但是，当我读到了《论狂狷》那一篇时，一股怀疑的情绪不禁油然而生。文中写道："在'文化大革命'中，当疯狂的红卫兵闯进钱（钟书）府抄家时，一介书生钱钟书居然据理力争，最后与红卫兵以拳相向，大打出手。"我觉得，这件事如果不是传闻失实，就是中国社会科学院的红卫兵是另一种材料造成的，与一般的红卫兵迥乎不同。后者的可能性是几乎没有的。常言道："天下老鸹一般黑。"我不信社科院竟出了白老鸹。那么，现在摆在我们眼前的就只有一个可能：传闻失实。

　　这里的关键是一个"理"字。我想就这一个字讲一点自己的看法。根据《现代汉语词典》，"理"是"道理""事理"。这等于没有解释，看了还是让人莫名其妙。根据我的幼稚的看法，"理"有以下几层意思：

一、一个国家一个时代的法律

二、一个国家的文化传统

三、一个国家一个民族公认的社会伦理道德

综观中国几千年的历史，以"理"字为准绳，可以分为三个时代：绝对讲理的时代，讲一点理的时代，绝对不讲理的时代。第一个时代是从来没有过的；第二个时代是有一些的；第三个时代是有过的。

讲理还是分阶级或阶层的。普通老百姓一般说来是讲理的。到了官府衙门，情况就不一样。在旧社会里，连一个七品芝麻官衙役，比如秦琼，他就敢说："眼前若在历城县，我定将你捉拿到官衙，板子打，夹棍夹，看你犯法不犯法！"他的上级那个县令掌握行政和司法、立法的什么《唐律》之类，只是一个摆设的花瓶，甚至连花瓶都不够。旧社会有一个说法，叫"灭门的知县"。知县虽小，他能灭你的门。等而上之，官越大，"理"越多。到了皇帝老爷子，简直就是"理"的化身。即使有什么《律》，那是管老百姓的。天子是超越一切的。旧社会还有一句话，叫"天子无戏言"。他说的话，不管是清醒时候说的，还是酒醉后说的，都必实现。不但人类必须服从，连大自然也不能例外。唐代武则天冬天要看牡丹，传下了金口玉言，第二天，牡丹果然怒放，国色天香，跪——不知道牡丹是怎样跪法——迎天子——逻辑的说法应该是天女。

总之，一句话：在旧社会法和理都掌握在皇帝老爷子以及大小官员的手中，百姓是没有份的。

到了近代，情况大大地改变了，特别是1949年以后，换了人间，老百姓有时也有理了。但是，"十年浩劫"是一个天大的例外。那时候是老和尚打伞——无法（发）无天。理还是有的，但却只存在于报章杂志的黑体字中，存在于"最高指示"中。我现在要问一下，钱钟书先生"据理力争"据的是什么"理"？唯一的用黑体字印出来的是"革命无罪，造反有理"的理。钱先生能用这种"理"吗？红卫兵"造反"，就是至高无上的"理"。博学的钱先生如果用写《管锥编》和《谈艺录》的办法，引用拉丁文的《罗马法》来向红卫兵讲理，这不等于对牛弹琴吗？

因此，"据理力争"只能是传闻。

抑尤有进者。不佞也是被抄过家的人，蹲过牛棚的人，是过来人。深知被抄家的滋味。1967 年 11 月 30 日深夜，几条彪形大汉，后面跟着几个中汉和小汉，破门而入。把我和老祖、德华我们全家三个人从床上拉起来，推推搡搡，押进了没有暖气的厨房里，把玻璃门关上，两条彪形大汉分立两旁，活像庙宇里的哼哈二将。这些人都是聂元梓的干将，平常是手持长矛的，而且这些长矛是不吃素的。今天虽然没持长矛，但是，他们的能量我是清楚的。这些人都是我的学生，只因我反对了他们的"老佛爷"，于是就跟我成了不共戴天的仇敌。同他们我敢"据理力争"吗？恐怕我们一张嘴就是一个嘴巴，接着就会是拳打脚踢。他们的"理"就在长矛的尖上。哪里会"据理力争"之后才"大打出手"呢？我们三个年近花甲或古稀的老人，蜷曲在冰冷的水泥地上，浑身发抖，不是由于生气——我们还敢生气吗？不是由于害怕，而是由于窗隙吹进来的冬夜的寒风。耳中只听到翻箱倒柜，撬门砸锁的声音。有一个抄家的专家还走进厨房要我的通讯簿，准备灭十族的瓜蔓抄行动。不知道用了多少时间，这一群人——他们还能算人吗？——抄走了一卡车东西，扬长而去。由于热水袋被踩破，满床是水。屋子里成了垃圾堆。此时我们的心情究竟是什么样子，我现在不忍再细说了。"长夜漫漫何时旦？"

　　总之，根据我的亲身经验，"据理力争"只能是传闻，而且是失实的传闻。在那样的时代，哪里有狂狷存在的余地呢？

2002年2月8日

论怪论

"怪论"这个名词，人所共知。其所以称之为怪者，一般人都不这样说，而你偏偏这样说，遂成异议可怪之论了。

我却要提倡怪论。

但我也并不永远提倡怪论。

历史的经验告诉我们，一个国家、一个民族，需要不需要怪论，是完全由当时历史环境所决定的。如果强敌压境，外寇入侵，这时只能全民一个声音说话，说的必是驱逐外寇，还我山河之类的话，任何别的声音都是不允许的。尤其是汉奸的声音更不能允许。

国家到了承平时期，政通人和，国泰民安，这时候倒是需要一些怪论。如果仍然禁止人们发出怪论，则所谓一个声音者往往是统治者制造出来的，是虚假的。"二战"期间德国和意大利的法西斯，是最好的证明。

从世界历史上来看，中国的春秋战国时代，怪论最多。

有的甚至针锋相对，比如孟子讲性善，荀子讲性恶，是同一个大学派中的内部矛盾。就是这些异彩纷呈的怪论各自沿着自己的路数一代一代地发展下去，成为中华民族文化的渊源和基础。

与此时差不多的是西方的希腊古代文明。在这里也是怪论纷呈，发展下来，成为西方文明的渊源和基础。当时东西文明两大瑰宝，东西相对，交相辉映，共同照亮了人类文明发展的前途。这个现象怎样解释，多少年来，东西学者异说层出，各有独到的见解。我于此道只是略知一二。在这里就不谈了。

怪论有什么用处呢？

某一个怪论至少能够给你提供一个看问题的视角。任何问题都会是极其复杂的，必须从各个视角对它加以研究，加以分析，然后才能求得解决的办法。如果事前不加以足够的调查研究而突然做出决定，其后果实在令人担忧。我们眼前就有这种例子，我在这里不提它了。

现在，我们国家国势日隆，满怀信心向世界大国迈进。在好多年以前，我曾预言，21世纪将是中国的世纪。当时我们的国力并不强。我是根据近几百年来欧美依次显示自己的政治经济力量、科技发展的力量和文化教育的力量而得出的结论。现在轮到我们中国来显示力量了。我预言，50年后，必有更多的事实证实我的看法，谓予不信，请拭目以待。

我希望，社会上能多出些怪论。

2003年6月25日

思想家与哲学家

我又有了一个怪论，我想把思想家与哲学家区分开来。

一般人大概都认为，我以前也曾朦朦胧胧地认为，所有的哲学家都是思想家。哪里能有没有思想的哲学家呢？

但是，最近一个时期以来，我的想法有了改变。

古今中外的哲学史告诉我们，哲学家们大抵同史学家差不多，想"究天人之际，通古今之变"，方式稍有不同。哲学家们探讨的是宇宙的根源，人生的真谛，精神与物质的关系，存在和意识的关系，等等。在这些问题上，他们时有精辟之论，颇能令人心折。但是，一旦他们想把自己的理论捏成一个完整的体系的时候——一般哲学家都是有这种野心的，便显露出捉襟见肘，削足适履的窘态。

我心目中的思想家，却不是这个样子。他们对我在上面谈到的那些问题也可能会有自己的看法。但是，他们决不硬搞什么体系，决不搞那一套烦琐的分析，记得有一副旧对联：

"世事洞明皆学问，人情练达即文章。"我觉得，思想家就是洞明世事，练达人情的人。他们不发玄妙莫测的议论，不写恍兮惚兮的文章，更不幻想捏成什么哲学体系。他们说的话都是中正平和的，人人能懂的。可是让人看了以后，眼睛立即明亮，心头涣然冰释，觉得确实是那么一回事。

空口无凭，试举例以明之。我想举出两个人：一个是已故的陈寅恪先生，一个是健在的王元化先生，都是中国学术界知名的人物。

寅恪先生是史学大师，考据学巨匠。但是，他的考据是与乾嘉诸大师不同的，后者是为考据而考据，而他的考据则是含有义理的，他从来不以哲学家自居。然而他对许多本来应属于哲学范畴的问题的看法却确有独到之处，比如，对"中国文化"，他写道："吾中国文化之定义，见于《白虎通》三纲六纪之说，其意义为抽象理想最高之境，犹希腊柏拉图所谓 idia 者。"言简意赅，让人看了就懂，非一般专门从事于分析概念的哲学家所能企及。此外，寅恪先生对中国历史研究还有许多人所共知的见解。总之，我认为，寅恪先生不是哲学家，而是思想家。

王元化先生是并世罕见的通儒，他真可以说是学贯中西，古今兼通。他的文章我不敢说是全部都读过，但是读的确实不少。首先让我心悦诚服的是他对五四运动的新看法。五四运动是中国近代史上的一件大事，对它有种种不同的议论和看法，至今仍纷争不休。我自己于无意中也形成了一种看法。但是，读了元化先生论五四的文章，我觉得他的看法确实鞭辟入里，高人一筹。他对当前的许多问题都有自己独特的看法，我从中都能得到启发。总之，我认为，元化先生不是哲学家，而是思想家。

我崇拜思想家，对哲学家则不敢赞一辞。

2001年10月7日

真理愈辨愈明吗？

　　学者们常说："真理愈辨愈明。"我也曾长期虔诚地相信这一句话。

　　但是，最近我忽然大彻大悟，觉得事情正好相反，真理是愈辨愈糊涂。

　　我在大学时曾专修过一门课"西洋哲学史"，后来又读过几本《中国哲学史》和《印度哲学史》。我逐渐发现，世界上没有哪两个或多个哲学家，学说完全是一模一样的。有如大自然中的树叶，没有哪几个是绝对一样的。有多少树叶就有多少样子。在人世间，有多少哲学就有多少学说。每个哲学家都认为自己掌握了真理，有多少哲学家就有多少真理。

　　专以中国哲学而论，几千年来，哲学家们不知创造了多少理论和术语。表面上看起来，所用的中国字都是一样的；然而哲学家们赋予这些字的含义却不相同。比如韩愈的《原道》是脍炙人口、家喻户晓的。文章开头就说："博爱之谓仁，行而宜之之谓义，由是而之焉之谓道，足乎己无待于外之谓德。"韩愈大概认为，仁、义、道、德就代表了中国的"道"。他的解释简单明了，一看就懂。然而，倘一翻《中国哲学史》，则必能发现，诸家对这四个字的解释多如牛毛，各自自是而非他。

哲学家们辨（分辨）过没有呢？他们辩（辩论）过没有呢？他们既"辨"又"辩"，可是结果怎样呢？结果是让读者如堕入五里雾中。眼花缭乱，无所适从。我顺手举两个中国过去辨和辩的例子。一个是《庄子·秋水》："庄子与惠子游于濠梁之上。庄子曰：'鲦鱼出游从容，是鱼之乐也。'惠子曰：'子非鱼，安知鱼之乐？'庄子曰：'子非我，安知我不知鱼之乐？'"我觉得，惠施还可以答复："子非我，安知我不知子不知鱼之乐？"这样辩论下去，一万年也得不到结果。

还有一个辩论的例子是取自《儒林外史》："丈人道：'……你赊了猪头肉的钱不还，也来问我要，终日吵闹这事，哪里来的晦气！'陈和甫的儿子道：'老爹，假如这猪头肉是你老人家自己吃了，你也要还钱？'丈人道：'胡说！我若吃了，我自然还。这都是你吃的！'陈和甫儿子道：'设或我这钱已经还过老爹，老爹用了，而今也要还人？'丈人道：'放屁！你是该人的钱，怎是我用的？'陈和甫儿子道：'万一猪不生这个头，难道它也来问我要钱？'"

以上两个辩论的例子，恐怕大家都是知道的。庄子和惠施都是诡辩家，《儒林外史》是讽刺小说。要说这两个对哲学辩论有普遍的代表性，那是言过其实。但是，倘若你细读中外哲学家"辨"和"辩"的文章，其背后确实潜藏着与上面两个例子类似的东西。这样的"辨"和"辩"能使真理愈辩愈明吗？戛戛乎难矣哉！

哲学家同诗人一样，都是在作诗。作不作由他们，信不信由你们。这就是我的结论。

1997年10月2日

《歌德与中国》序

最近几年，杨武能同志专门从事于中德文化关系的研究，卓有成绩。现在又写成了一部《歌德与中国》，真可以说是更上一层楼了。

我个人觉得，这样一本书，无论是对中国读者，还是对德国读者，都是非常有意义的。它都能起到发聋振聩的作用。一个民族，一个人也一样，了解自己是非常不容易的。中国这样一个伟大的民族也不例外。在鸦片战争以前，我们根本不了解自己，也不了解世界大势，昏昏然，懵懵然，盲目狂妄自大，以天朝大国自居，夜郎之君、井底之蛙，不过如此。现在读一读当时中国皇帝写给欧洲一些国家的君主的所谓诏书，那种口吻、那种气派，真令人啼笑皆非，不禁脸上发烧。

鸦片战争中国的统治者碰得头破血流，在殖民主义者面前节节败退，中国人最重视的所谓"面子"，丢得一干二净。他们于是来了一个一百八十度的大转变，一变而向"洋鬼子"

低首下心，奴颜婢膝，甚至摇尾乞怜。上行下效，老百姓也受了影响，流风所及，至今尚余音袅袅，不绝如缕。鲁迅先生发出了"中国人失掉自信了吗？"的慨叹，良有以也。

怎样来改变这种情况呢？端在启蒙。应该让中国人民从上到下都能真正了解自己，了解历史，了解世界大势，真正了解我们民族的过去和现在，看待一切问题，都要有历史眼光。中国人民在世界人民心目中的地位，并不总是像解放前一百年来那个样子的。我个人认为，鸦片战争是一个转折点。在这之前，西方人看待中国同那以后是根本不同的。在那以前，西方人认为中国是智慧之国、文化之邦，中国的一切都是美好的，令人神往的。从17—18世纪欧洲一些伟大的哲人的著作中，可以清清楚楚地看到这一点。从德国最伟大的诗人歌德的著作中，也可以清清楚楚地看到这一点。杨武能同志在本书中详尽地介绍了这种情况。

这充分告诉我们，特别是今天的年轻人，看待自己要有全面观点、历史观点、辩证观点。盲目自大，为我们所不取；盲目地妄自菲薄，也决不是正当的。我们今天讲开放，是完全正确的。但是，我们对西方的东西应该有鉴别的能力，应该能够分清玉石与土块、鲜花与莠草，不能一时冲动，大喊什么"全盘西化"，认为西方什么东西都是好的。西方有好东西，我们必须学习。但是，一切闪光的东西不都是金子。难道西方所有的东西，包括可口可乐、牛仔裤之类，都是好得不能再好、不可须臾离开的东西吗？过去流行一时的喇叭裤现在到哪里去了呢？我们今天的所思、所感、所作、所为应该能经得起历史的考验。千万不要重蹈覆辙，在若干年以后，回头再看今天觉得滑稽可笑。我在这里大胆地说出一个预言：到了2050年我国达到小康水平时，回顾今天，一定会觉得今天有一些措施不够慎重，是在一时冲动之下采取的。我自己当然活不到2050年，但愿我的预言不会实现。

这一本书对德国以及西方其他国家的读者怎样呢？我认为也同样能

起发聋振聩的作用。有一些德国人——不是全体——看待旧中国,难免有意无意地戴上殖民主义的眼镜。总觉得中国落后,这也不行,那也不好,好像是中国一向如此,而且将来也永远如此。现在看一看他们最伟大的诗人是怎样对待中国的,怎样对待中国文化和文学艺术的,会促使他们反思,从而学会用历史眼光看待中国,看待一切。这样就能大大地增强中德的互相了解和友谊。这一点是可以断言的。

　　基于上面的看法,我说,杨武能同志这一本书是非常有意义的。难道不是这样吗?是为序。

1987年11月30日

从哲学的高度来看中餐与西餐

　　中餐与西餐是世界两大菜系。从表面上来看，完全不同。实际上，前者之所以异于后者几希。前者是把肉、鱼、鸡、鸭等与蔬菜合烹，而后者则泾渭分明地分开而已。大多数西方人都认为中国菜好吃。那么你为什么就不能把肉菜合烹呢？这连一举手一投足之劳都用不着，可他们就是不这样干。文化交流，盖亦难矣。

　　然而，这中间还有更深一层的理由。

　　到了今天，烹制西餐，在西方已经机械化、数字化。连煮一个鸡蛋，都要手握钟表，计算几分几秒。做菜，则必须按照食谱，用水若干，盐几克，油几克，其他佐料几克，仍然是按钟点计算，一丝不苟。这同西方的基本的思维模式，分析的思维模式，紧密相联。我所说的"哲学的高度"，指的就是这种现象。

　　而在中国，情况则完全不同。中国菜系繁多，据说有八大菜系或者更多的菜系。每个系的基本规律是完全相同，这就是我在上面所说的：蔬菜与肉、鱼、鸡、鸭等合烹，但是烹出来的结果则不尽相同。鲁菜以咸胜，川菜以辣胜，粤菜以生猛胜，苏沪菜以甜淡胜，如此等等，不一而足。我于此道并非内行里手，说不出多少名堂。至于烹调方式，则更是名目繁多，什么炒、煎、炸、蒸、煮、汆、烩等等，还有更细微幽深，可惜我的知识和智慧有限，就只能说这么多了。我从来没见哪一个掌勺儿的大师傅手持钟表，眼观食谱，按照多少克添油加醋。他面前只摆着一些油、盐、酱、醋、味精等佐料。只见他这个碗里舀一点，那个碟里舀一点，然后用铲子在锅里翻炒，运斤成风，迅速熟练，最后在一团瞬间的火焰中，一盘佳肴就完成了。据说多炒一铲则太老，少炒一铲则太嫩，运用之妙，存乎一心，谁也说不出一个道道来。老外观之，目瞪口呆，莫名其妙。其中也有哲学。这是东方基本思维模式，综合的思维模式在起作用。有"科学"头脑的人，也许认为这有点模糊。然而，妙就妙在模糊，最新的科学告诉我们，模糊无所不在。

　　听说，若干年前，一位著名的美籍华人学者的夫人，把《随园食谱》译成了英文，也按照西方办法，把《食谱》机械化、数字化了，也加上了几克等等。有好事者遵照食谱，烹制佳肴。然而结果呢？炒出来的菜实在难以下咽，谁都不想吃。追究原因，有可能是袁子才英雄欺人，在《食谱》中故弄玄虚。我认为，最大的可能是，这位夫人去国日久，忘记了中国哲学的精粹，上了西方思维模式的当，上了西方哲学的当。

1997年5月12日

《怀旧集》自序

　　《怀旧集》这个书名我曾经想用过，这就是现在已经出版了的《万泉集》。因为集中的文章怀念旧人者颇多。我记忆的丝缕又挂到了一些已经逝世的师友身上，感触极多。我因此想到了《昭明文选》中潘安仁的《怀旧赋》中的文句："霄展转而不寐，骤长叹以达晨；独郁结其谁语，聊缀思于斯文。"我把那一个集子定名为《怀旧集》。但是，原来应允出版的出版社提出了异议："怀旧"这个词儿太沉闷，太不响亮，会影响书的销路，劝我改一改。我那时候出书还不能像现在这样到处开绿灯。我出书心切，连忙巴结出版社，立即遵命改名，由《怀旧》改为《万泉》。然而出版社并不赏脸，最终还是把稿子退回，一甩了之。

　　这一段公案应该说是并不怎样愉快。好在我的《万泉集》换了一个出版社出版了，社会反应还并不坏。我慢慢地就把这一件事忘记了。

最近，出我意料之外，北大出版社的老友张文定先生一天忽然对我说："你最近写的几篇悼念或者怀念旧人的文章，情真意切，很能感动人，能否收集在一起，专门出一个集子？"他随便举了一个例子，就是悼念胡乔木同志的文章。他这个建议过去我没有敢想过，然而实获我心。我首先表示同意，立即又想到：《怀旧集》这个名字可以复活了，岂不大可喜哉！

怀旧是一种什么情绪，或感情，或心理状态呢？我还没有读到过古今中外任何学人给它下的定义。恐怕这个定义是非常难下的。根据我个人的想法，古往今来，天底下的万事万物，包括人和动植物，总在不停地变化着，总在前进着。既然前进，留在后面的人或物，或人生的一个阶段，就会变成旧的，怀念这样的人或物，或人生的一个阶段，就是怀旧。人类有一个缺点或优点，常常觉得过去的好，旧的好，古代好，觉得当时天比现在要明朗，太阳比现在要光辉，花草树木比现在要翠绿，总之，一切比现在都要好，于是就怀，就"发思古之幽情"，这就是怀旧。

但是，根据常识，也并不是一切旧人、旧物都值得怀。有的旧人，有的旧事，就并不值得去怀。有时一想到，简直就令人作呕，弃之不暇，哪里还能怀呢？也并不是每一次怀人或者怀事都能写成文章。感情过分地激动，过分悲哀，一想到，心里就会流血，到了此时，文章无论如何是写不出来的。这个道理并不难懂，每个人一想就会明白的。

同绝大多数的人一样，我是一个非常平常的人。人的七情六欲，我一应俱全。尽管我有不少的缺点，也做过一些错事；但是，我从来没有故意伤害别人；如有必要，我还伸出将伯之手。因此，不管我打算多么谦虚，我仍然把自己归入好人一类，我是一个"性情中人"。我对亲人，对朋友，怀有真挚的感情。这种感情看似平常，但实际上却非常不平常。我生平颇遇到一些人，对人毫无感情。我有时候难免有一些腹诽，我甚至想用一个听起来非常刺耳的词儿来形容这种人：没有"人味"。按说，既然是个人，就应当有"人味"。然而，我积八十年之经验，深知情况并非如此。"人味"，岂易言哉！岂易言哉！

怀旧就是有"人味"的一种表现，而有"人味"是有很高的报酬的：怀旧能净化人的灵魂。亲故老友逝去了，或者离开自己远了。但是，他们身上那一些优良的品质，离开自己越远，时间越久，越能闪出异样的光芒。它仿佛成为一面镜子，在照亮着自己，在砥砺着自己。怀这样的旧人，在惆怅中感到幸福，在苦涩中感到甜美。这不是很高的报酬吗？对逝去者的怀念，更能激发起我们"后死者"的责任感。先死者固然能让我们哀伤，后死者更值得同情，他们身上的心灵上的担子更沉重。死者已矣，他们不知不觉了。后死者却还活着，他们能知能觉。先死者的遗志要我们去实现，他们没有完成的工作要我们去做。即使有时候难免有点想懈怠一下，休息一下。但一想到先人的声音笑貌，立即会振奋起来。这样的怀旧，报酬难道还不够高吗？

古代希腊哲人说，悲剧能净化（katharsis）人们的灵魂。我看，怀旧也同样能净化人们的灵魂。这一种净化的形式，比悲剧更深刻，更深入灵魂。

这就是我的怀旧观。

我庆幸我能怀旧，我庆幸我的"人味"支持我怀旧，我庆幸我的《怀旧集》这个书名在含冤蒙尘十几年以后又得以重见天日，我乐而为之序。

1994年10月22日

我的座右铭

多少年以来，我的座右铭一直是：

纵浪大化中，不喜亦不惧。

应尽便须尽，无复独多虑。

老老实实的、朴朴素素的四句陶诗，几乎用不着任何解释。

我是怎样实行这个座右铭的呢？无非是顺其自然，随遇而安而已，没有什么奇招。

"应尽便须尽，无复独多虑。"（到了应该死的时候，你就去死，用不着左思右想），这句话应该是关键性的。但是在我几十年的风华正茂的期间内，"尽"什么的是很难想到的。在这期间，我当然既走过阳关大道，也走过独木小桥。即使在走独木桥时，好像路上铺的全是玫瑰花，没有荆棘。

147

这与"尽"的距离太远太远了。

到了现在，自己已经九十多岁了。离人生的尽头，不会太远了。我在这时候，根据座右铭的精神，处之泰然，随遇而安。我认为，这是唯一正确的态度。

我不是医生，我想贸然提出一个想法。所谓老年忧郁症恐怕十有八九同我上面提出的看法有关，怎样治疗这种病症呢？我本来想用"无可奉告"来答复。但是，这未免太简慢，于是改写一首打油：题曰"无题"：

> 人生在世一百年，天天有些小麻烦。
>
> 最好办法是不理，只等秋风过耳边。

我现在的座右铭是：

> 老骥伏枥，志在十里。
>
> 烈士暮年，壮心难已。

读起来一副老调，了无新意。其实是有的。即以"志在十里"而论，为什么不写上百里、千里，甚至万里呢？那有多么威武雄壮呀！其实，如果我讲"志在半里"，也是瞎吹。我现在不能走路，活动全靠轮椅，是要别人推的。我说"十里"，是指一个棒小伙子一口气可以达到的长度。

我的美人观

　　说清楚一点，就是：我怎样看待美人。

　　纵观动物世界，我们会发现，在雌雄之间，往往是雄的漂亮、高雅，动人心魄，惹人瞩目。拿狮子来说，雄狮多么威武雄壮，英气磅礴。如果张口一吼，则震天动地，无怪有人称之为兽中之王。再拿孔雀来看，雄的倘一开屏，则遍体金碧耀目，非言语所能形容。仪态万方，令人久久不能忘怀。

　　但是，一讲到人美，情况竟完全颠倒过来。我们不知道，造物主囊中卖的是什么药。她（他，它）先创造人中雌（女人）。此时她大概心情清爽，兴致昂扬，精雕细琢，刮垢磨光。结果是创造出来的女子美妙、漂亮、悦目、闪光。她看到了自己的作品，左看右看，十分满意，不禁笑上脸庞。

　　但是，她立刻就想到，只造女人是不行的。这样怎么能传宗接代呢？必须再创造人中雌的对应物人中雄。这样创造活动才算完成。

这样想过，她立即着手创造人中雄。此时，她的心情比较粗疏，因此手法难以细腻。结果是，造出来的人中雄，一反禽兽的标格，显得有点粗陋。连她自己都并不怎样满意。但是，既然造出来了，就只能听之任之，不必再返工了。

到了此时，造物主老年忽发少年狂，决心在本来已经很秀丽、美妙、赏心悦目的人中雌中再创造几个出类拔萃、傲视群雌的超级美人。于是人类中就出现了西施、明妃、赵飞燕、貂蝉、二乔、杨贵妃、柳如是、董小宛、陈圆圆等出类拔萃的超级美人。这样一来，在中国老百姓的中国史观中，就凭空增添了几分靓丽，几分滋润，几分光彩，几分清芬。

打油一首：

> 中华自古重美人，
> 西施貂蝉论纷纭。
> 美人只今仍然在，
> 各为神州添馨淳。

但是，我还是有问题的。世界文明古国，特别是亚洲文明古国，不止中国一个。为什么只有中国传留下来这么多超级美人，而别的国家则毫无所闻呢？我个人认为，这决不是一个无足轻重的问题。如果研究比较文化史，这个问题绝对躲不过去的。目前，我对于这个问题考虑得还不够深透。我只能说，中国老百姓的中国史观，是丰富多彩的，有滋有味的，不是一堆干巴巴的相斫书。

我现在越来越不安分了，越来胆子越大了。我想在太岁头上动一下土，探讨一下"美人"这个美字的含义。我没有研究过美学，只记得在很多年以前，中国美学论坛上忽然爆发了一场论战。我以一个外行人的身份，从窗外向论坛上瞥了一眼，只见专家们意气风发，舌剑唇枪争得极为激烈。有的学者主张，美是主观的。有的学者主张美是客观的。有的学者主张，美是主客观相结合的。像美这样扑朔迷离、玄之又玄的现象或者问题，一向难以得到大家一致同意的结论或者解释的。专家们讨论完了，一哄而散，问题仍然摆在那里，原封未动。

我想从一个我认为是新的观点中解决问题。我认为，美人之所以被称为美人，必然有其异于非美人者。但是，她们也只具有五官四肢，造物主并没有给她们多添上一官一肢，也没有挪动官肢的位置，只在原有的排列上卖弄了一点手法，使这个排列显得更匀称，更和谐，更能赏心悦目。

美人身上有多处美的亮点，我现在不可能一一研究。我只选其中一个最引人注意的来谈一谈，这就是细腰的问题。这是一个极老的问题；但是，无论多么古老，也古老不到蒙昧的远古。那时候，人类首要的问题是采集野果，填饱肚子。男女都整天奔波，男女的腰都是粗而又粗的。哪里有什么余裕来要妇女细腰呢？大概到了先秦时期，情况有了改变。《诗经》第一篇中的"苗条（窈窕）淑女，君子好逑"，苗条二字，无论怎样解释也离不开妇女的腰肢。先秦典籍中还有"楚王好细腰，宫中多饿死"的记载。可见此风在高贵不劳动的妇女中已经形成。流风所及，延续未断，可以说到今天也并没有停住。

中国古典诗词中，颇有一些描绘美人的文章。其中讲到美人的各个方面，细腰当然不会遗漏。我现在从宋词中选取几个例子，以见一斑。

1. 柳永《乐章集·木兰花》

酥娘一搦腰肢袅，回雪萦尘皆尽妙。几多狎客看无厌，一辈舞童功不到。　　星眸顾指精神峭，罗袖迎风身段小。而今长大懒婆娑，只要千金酬一笑。

2.柳永《乐章集·浪淘沙令》

有个人人。飞燕精神。急锵环佩上华裀。促拍尽随红袖举,风柳腰身。

3.柳永《乐章集·合欢带》

身材儿、早是妖娆。算风措、实难描。一个肌肤浑似玉,更都来、占了千娇。妍歌艳舞,莺惭巧舌,柳妒纤腰。自相逢,便觉韩娥价减,飞燕声销。

4.柳永《乐章集·少年游》

世间尤物意中人,轻细好腰身。

5.秦观《淮海集·虞美人影》

妒云恨雨腰肢衮,眉黛不堪重扫。薄幸不来春老,羞带宜男草。

6.秦观《淮海集·昭君怨》

隔叶乳鸦声软。啼断日斜阴转。杨柳小腰肢,画楼西。

7.贺方回《万年欢》

吴都佳丽苗而秀,燕样腰身,按舞华茵。

8.秦观《淮海集·满江红》

越艳风流,占天上、人间第一。须信道,绝尘标致,倾城颜色。翠绾垂螺双髻小,柳柔花媚娇无力。笑从来,到处只闻名,今相识。

9.辛弃疾《临江仙》

小扈人怜都恶瘦,曲眉天与长颦。沉思欢事惜腰身。枕添离别泪,粉落却深匀。

宋词里面讲到细腰的地方,大体就是这样。遗漏几个地方,无关大局,不影响我的推论。

中国其他古典诗词中，也有关于细腰的叙述。因为同我要谈的主要问题无关，我就不谈了。

我现在的首要任务是解释一下，为什么细腰这个现象会同美联系起来。简捷了当地说一句话，我是想使用德国心理学家 Lipps 的"感情移入"的学说来解决这个问题。比如说，你看一个细腰的美女走在你的眼前，步调轻盈，柔软，好像是曹子建眼中的洛神。你一时失神，产生了感情移入的效应，仿佛与细腰女郎化为一体，得大喜悦，飘飘欲仙了。真诚的喜悦，同美感是互相沟通的。

我害怕"天才"

　　人类的智商是不平衡的，这种认识已经属于常识的范畴，无人会否认的。不但人类如此，连动物也不例外。我在乡下观察过猪，我原以为这蠢然一物，智商都一样，无所谓高低的。然而事实上猪们的智商颇有悬殊。我喜欢养猫，经我多年的观察，猫们的智商也不平衡，而且连脾气都不一样，颇使我感到新奇。

　　猪们和猫们有没有天才，我说不出。专就人类而论，什么叫做"天才"呢？我曾在一本书里或一篇文章里读到过一个故事。某某数学家，在玄秘深奥的数字和数学符号的大海里游泳，如鱼得水，圆融无碍。别人看不到的问题，他能看到；别人解答不了的方程式之类的东西，他能解答。于是，众人称之为"天才"。但是，一遇到现实生活中的问题，他的智商还比不了一个小学生。比如猪肉三角三分一斤，五斤猪肉共值多少钱呢？他瞠目结舌，无言以对。

因此，我得出一个结论："天才"即偏才。

在中国文学史或艺术史上，常常有几"绝"的说法。最多的是"三绝"，指的是诗、书、画三绝。所谓"绝"，就是超越常人，用一个现成的词儿，就是"天才"。可是，如果仔细分析起来，这个人在几绝中只有一项，或者是两项是真正的"绝"，为常人所不能及，其他几绝都是为了凑数凑上去的。因此，所谓"三绝"或几绝的"天才"，其实也是偏才。

可惜古今中外参透这一点的人极少极少，更多的是自命"天才"的人。这样的人老中青都有。他们仿佛是从菩提树下金刚台上走下来的如来佛，开口便昭告天下："天上天下，唯我独尊。"这种人最多是在某一方面稍有成就，便自命不凡起来，看不起所有的人，一副"天才气"，催人欲呕。这种人在任何团体中都不能团结同仁，有的竟成为害群之马。从前在某个大学中有一位年轻的历史教授，自命"天才"，瞧不起别人，说这个人是"狗蛋"，那个人是"狗蛋"。结果是投桃报李，群众联合起来，把"狗蛋"的尊号恭呈给这个人，他自己成了"狗蛋"。

这样的人在当今社会上并不少见，他们成为社会上不安定的因素。

蒙田在一篇名叫《论自命不凡》的随笔中写道：

对荣誉的另一种追求，是我们对自己的长处评价过高。这是我们对自己怀有的本能的爱，这种爱使我们把自己看得和我们的实际情况完全不同。

我决不反对一个人对自己本能的爱，应该把这种爱引向正确的方向。如果把它引向自命不凡，引向自命"天才"，引向傲慢，则会损己而不利人。

我害怕的就是这样的"天才"。

1999年7月25日

勤奋、天才（才能）与机遇

　　人类的才能，每个人都有所不同，这是大家都看到的事实，不能不承认的。但是有一种特殊的才能一般人称之为"天才"。有没有"天才"呢？似乎还有点争论，有点看法的不同。"文化大革命"期间，有一度曾大批"天才"，但其时所批"天才"，似乎与我现在讨论的"天才"不是一回事。根据我六七十年来的观察和思考，有"天才"是否定不了的，特别在音乐和绘画方面。你能说贝多芬、莫扎特不是音乐天才吗？即使不谈"天才"，只谈才能，人与人之间也是十分悬殊的。就拿教梵文来说，在同一个班上，一年教下来，学习好的学生能够教学习差的而有余。有的学生就是一辈子也跳不过梵文这个龙门。这情形我在国内外都见到过。

　　拿做学问来说，天才与勤奋的关系究竟如何呢？有人说："九十九分勤奋，一分神来（属于天才的范畴）。"我认为，这个百分比应该纠正一下。七八十分的勤奋，二三十分的天才（才能），我觉得更符合实际一点。我丝毫也没有贬低勤奋的意思。无论干哪一行的，没有勤奋，一事无成。我只是感到，如果没有才能而只靠勤奋，一个人发展的极限是有限度的。

现在，我来谈一谈天才、勤奋与机遇的关系问题。我记得六十多年前在清华大学读西洋文学时，读过一首英国诗人 Thomas Gray 的诗，题目大概是叫《乡村墓地哀歌》，诗的内容，时隔半个多世纪，全都忘了，只有一句还记得："在墓地埋着可能有莎士比亚。"意思是指，有莎士比亚天才的人，老死穷乡僻壤间。换句话说，他没有得到"机遇"，天才白白浪费了。上面讲的可能有张冠李戴的可能；如果有的话，请大家原谅。

总之，我认为，"机遇"（在一般人嘴里可能叫做"命运"）是无法否认的。一个人一辈子做事，读书，不管是干什么，其中都有"机遇"的成分。我自己就是一个活生生的例子。如果"机遇"不垂青，我至今还恐怕是一个识字不多的贫农，也许早已离开了世界。我不是"王半仙"或"张铁嘴"，我不会算卦、相面，我不想来解释这一个"机遇"问题，那是超出我的能力的事。

《燕园幽梦》序

中华乃文章大国，北大为人文渊薮，两者实有密不可分的联系，倘机缘巧遇，则北大必能成为产生文学家的摇篮。五四运动时期是一个具体的例证，最近几十年来又是一个鲜明的例证。在这两个时期的中国文坛上，北大人灿若列星。这一个事实我想人们都会承认的。

最近若干年来，我实在忙得厉害，像 50 年代那样在教书和搞行政工作之余，还能有余裕的时间读点当时的文学作品的"黄金时代"一去不复返了。不过，幸而我还不能算是一个懒汉，在"内忧""外患"的罅隙里，我总要挤出点时间来，读一点北大青年学生的作品。《校刊》上发表的文学作品，我几乎都看。前不久我读到《北大往事》，这是北大70、80、90 三个年代的青年回忆和写北大的文章。其中有些篇思想新鲜活泼，文笔清新俊逸，真使我耳目为之一新。中国古人说："雏凤清于老凤声。"我——如果大家允许我也在其中滥竽一席的话——和我们这些"老凤"，真不能不向你们这一批"雏凤"投过去羡慕和敬佩的眼光了。

但是，中国古人又说："满招损，谦受益。"我希望你们能够认真体会这两句话的含义。"倚老卖老"，固不足取，"倚少卖少"也同样是值得青年人警惕的。天下万事万物，发展永无穷期。人外有人，天外有天，"老子天下第一"的想法是绝对错误的。你们对我们老祖宗遗留下来的浩如烟海的文学作品必须有深刻的了解。最好能背诵几百首旧诗词和几十篇古文，让它们随时涵蕴于你们心中，低吟于你们口头。这对于你们的文学创作和人文素质的提高，都会有极大的好处。不管你们现在或将来是教书、研究、经商、从政，或者是专业作家，都是如此，概莫能外。对外国的优秀文学作品，也必实下一番功夫，简练揣摩。这对你们的文学修养是决不可少的。如果能做到这一步，则你们必然能融会中西，贯通古今，创造出更新更美的作品。

宋代大儒朱子有一首诗，我觉得很有针对性，很有意义，我现在抄给大家：

少年易老学难成，

一寸光阴不可轻。

未觉池塘春草梦，

阶前梧叶已秋声。

这一首诗，不但对青年有教育意义，对我们老年人也同样有教育意义。文字明白如画，用不着过多的解释。光阴，对青年和老年，都是转瞬即逝，必须爱惜。"一寸光阴一寸金，寸金难买寸光阴"，这是我们古人留给我们的两句意义深刻的话。

你们现在是处在"燕园幽梦"中，你们面前是一条阳关大道，是一条铺满了鲜花的阳关大道。你们要在这条大道上走上60年，70年，80年，或者更多的年，为人民，为人类做出出类拔萃的贡献。但愿你们永不忘记这一场燕园梦，永远记住自己是一个北大人，一个值得骄傲的北大人，这个名称会带给你们美丽的回忆，带给你们无量的勇气，带给你们奇妙的智慧，带给你们悠远的憧憬。有了这些东西，你们就会自强不息，无往不利，不会虚度此生。这是我的希望，也是我的信念。

1998年5月3日

时　间

　　一抬头，就看到书桌上座钟的秒针在一跳一跳地向前走动。它那里一跳，我的心就一跳。孔子说："逝者如斯夫，不舍昼夜！"这里指的是水。水永远不停地流逝，让孔夫子吃惊兴叹。我的心跳，跳的是时间。水是能看得见，摸得着的。时间却看不见，摸不着的，它的流逝你感觉不到，然而确实是在流逝。现在我眼前摆上了座钟，它的秒针一跳一跳，让我再清楚不过地看到了时间的流逝，焉能不心跳？焉能不兴叹呢？

　　远古的人大概是很幸福的。他们日出而作，日入而息，根据太阳的出没来规定自己的活动。即使能感到时间的流逝，也只在依稀隐约之间。后来，他们聪明了，根据太阳光和阴影的推移，把时间称作光阴。再后来，人们的聪明才智更提高了，用铜壶滴漏的办法来显示和测定时间的推移，这是用人工来抓住看不见摸不着的时间的尝试。到了近几百年，人类发明了钟表，把时间的存在与流逝清清楚楚地摆在每一个人的面前。这是人类文明进步的表现。但是，正如人们常说的那样，"有一利必有一弊"，人类成了时间的奴隶，成了手表的奴隶。现在各种各样的会极多，开会必须规定时间，几点几分，不能任意伸缩。如果参加重要的会而路上偏偏赶上堵车，任你怎样焦急，怎样频频看手表，都是白搭。这不是典型的时间的奴隶又是什么呢？然而，话又说了回来，在今天头绪纷纭杂乱有章的社会里，开会不定时间，还像古人那样"日出而作，日入而息"，悠哉游哉，顺帝之则，今天的社会还能运转吗？不管你愿意不愿意，成为时间的奴隶就正是文明的表现。

不管你意识到还是没有意识到，大自然还是把虚无缥缈的时间用具体的东西暗示给了人们。比如用日出日落标志出一天，用月亮的圆缺标志出一月，用四季（在印度是六季或者两季）标志出一年。农民最关心这些问题，一年二十四个节气对他们种庄稼有重要意义。在自然科学家和哲学家眼中，时间具有另外的意义。他们说，大千世界，人类万物，都生长在时间和空间内，而时间是无头无尾的，空间是无边无际的。我既不是自然科学家，也不是哲学家，对无头无尾和无边无际实在难以理解。可是不这样又能怎样呢？如果时间有了头尾，头以前尾以后又是什么呢？因此，难以理解也只得理解，此外更没有其他途径。

生与死也属于时间范畴。一般人总是把生与死绝对对立起来。但是，中国古代的道家却主张"万物方生方死"，把生与死辩证地联系在一起，而且准确无误地道出了生即是死的关系。随着座钟秒针的一跳，我自己就长了无法用言语表达出来的那么一点点儿。同时也就是向着死亡走近了那么一点点儿。不但我是这样，现在正是初夏，窗外的玉兰花、垂柳和深埋在清塘里的荷花，也都长了那么一点点儿。不久前还是冰封的湖水，现在是"风乍起，吹皱一池夏水"，波光潋滟，水色接天。岸上的垂杨，从光秃秃的枝条上逐渐长出了小叶片，一转瞬间，出现了一片鹅黄；再一转瞬，就是一片嫩绿，现在则是接近浓绿了。小山上原来是一片枯草，"一夜东风送春暖，满山开遍二月兰"。今年是二月兰的大年，山上地下，只要有空隙，二月兰必然出现在那里，座钟的秒针再跳上多少万次，二月兰即将枯萎，也就是走向暂时的死亡了。所有这些东西，都是方生方死。这是自然的规律，不可逆转的。

印度人是聪明的，他们把时间和死亡视为一物。梵文 kālá，既是"时间"，又是"死亡或死神"。《罗摩衍那》的主人公罗摩，在活了极长的时间以后，kālá 走上门来，这表示他就要死亡了。罗摩泰然处之，既不"饮恨"，也不"吞声"。他知道这是自然规律，人类是无能为力的。我们今天知道，不但人类是这样，世界上万事万物都有始有终，无一例外。"顺其自然"是最好的办法。我在这里顺便说一下。在梵文里，动词"死"的字根是 mn；但是此字不用 manati 来表示现在时，而是用被动式 mniyati（ti），这表示，印度人认为"死"是被动的，主动自杀者究属少数。

同印度人比较起来，中国人大概希望争取长生。越是有钱有势的人越希望活下去，在旧社会里生活在水深火热中的小百姓，决不会愿意长远活下去。而富有天下的天子则热切希望长生。中国历史上几位有名的英主，莫不如此。秦始皇和汉武帝都寻求不死之药或者仙丹什么的。连唐太宗都是服用了印度婆罗门的"仙药"而中毒身亡的。老百姓书呆子中也有寻求肉身升天的，而且连鸡犬都带了上去。我这个木头脑袋瓜真想也想不通。如果真有那么一个"天"的话，人数也不会太多。升到那里去干些什么呢？那里不会有官僚衙门，想走后门靠贿赂来谋求升官，没有这个可能。那里也不会有什么市场，什么 WTO，想发财也英雄无用武之地。想打麻将，唱卡拉 OK，唱几天，打几天，还是会有兴趣的，但让你一月月一年年永远打下去，你受得了吗？养鸡喂狗，永远喂下去，你也受不了。"不为无益之事，何以遣有涯之生！"无益之事天上没有。在天上待长了，你一定会自杀的。苏东坡说"起舞弄清影，何似在人间"！是有见地之言。我们还是老老实实待在人间吧。

要待在人间，就必须受时间的制约。在时间面前，人人平等。如果想不通我在上面说的那一些并不深奥的道理，时间就变成了枷锁，让你处处感到不舒服。但是，如果真想通了，则戴着枷锁跳舞反而更能增加一些意想不到的兴趣。我自认是想通了。现在照样一抬头就看到书桌上座钟的秒针一跳一跳地向前走动，但是我的心却不跳了。我觉得这是时间给我提醒儿，让我知道时间的价值。"一寸光阴不可轻"，朱子这一句诗对我这个年过九十的老头儿也是适用的。

2002年3月31日

目中无人

中国的成语"目中无人"是一个贬义词，意思是狂妄自大，把谁都不放在眼中，天上天下，唯我独尊。这是心理上的"目中无人"，是一种要不得的恶习。我现在居然也变成了"目中无人"了；但是，我是由于生理上的原因，患了眼疾，看人看不清楚。这同心理上的毛病有天渊之别。

大约在十年前，由于年龄的原因，我的老年性白内障逐渐发作，右眼动了手术。手术是非常成功的。但是随着年龄的增长，我已年届九旬，右眼又突然出了毛病，失去视力，到了伸手难见五指的程度，仅靠没有动过手术的左眼不到 0.1 的视力，勉强摸索着活动。形同半个盲人。古人有诗句"老年花似雾中看"，当年认为这是别人的事，现在却到自己眼前来了。窗前我自己种的那一棵玉兰花，今年是大年，总共开了二百多朵花，那情景应该说是光辉灿烂的，可惜我已无法享受，只看到了白白的几朵花的影子，其余都是模糊一团了。"春风杨柳万千条",现在正是嫩柳鹅黄的时节;可是我也只能看到风中摇摆着一些零乱的黑丝条而已。即使池塘中的季荷露出了尖尖角的时候,我大概也只能影影绰绰地看到几点绿点罢了。

这痛苦不痛苦呢?谁也会想到,这决不是愉快的,我本是一个性急固执有棱有角的人,但是将近九十年的坎坷岁月,把我的性子已经磨慢,棱角已经磨得圆了许多;虽还不能就说是一个琉璃球,然而相距已不太远矣。现在,在眼睛出了毛病的情况下,说内心完全平静,那不是真话。但是,只要心里一想急,我就祭起了我的法宝,法宝共有两件:一是儒家的"既来之,则安之",一是道家的顺其自然。你别说,这法宝还真灵。只要把它一祭起,心中立即微波不兴,我对一切困难都处之泰然了。

同时,我还会想到就摆在眼前的几个老师的例子。陈寅恪先生五十来岁就双目失明,到了广州以后,靠惊人的毅力和记忆力,在黄萱女士的帮助下,写成了一部长达七八十万字的《柳如是别传》,震动了学坛。冯友兰先生耄耋之年失明,也靠惊人的毅力,口述写成了《中国哲学史新编》,摆脱了桎梏,解放了思想,信笔写来,达到了空前的大自在的水平,受到了学术界的瞩目。另一位先生是陈翰笙教授,他身经三个世纪,今年已经是一百零五岁,成为稀有的名副其实的人瑞。他双目失明已近二十年;但从未停止工作,在家里免费教授英文,学者像到医院诊病一样,依次排队听课。前几年,在庆祝他百岁华诞的时候,请他讲话,他讲的第一句话却是:"我要求工作!"在场的人无不为之动容。我想,以上三个例子就足以说明,一个人,即使是双目失明了,是仍然能够做出极有意义的事情。

再说到我自己,从身体状态来看,从心理状态来瞧,即使眼前眼睛有了点毛病,但同失明是决不会搭界的。一个九旬老人,身体上有点毛病,纯属正常;不这样,反而会成为怪事。因此,我只有听之,任之,安之，决不怨天尤人。古书上说：否极泰来。我深信，泰来之日终会来临。到了那时，我既不在心理上"目中无人"，也不在生理上"目中无人"，岂不猗欤休哉！

　　我现在在这里潜心默祷，愿天下善男、信女、仁人、志士无论是在生理上还是在心理上都不"目中无人"，大千世界，礼仪昌明，天下太平，共同努力，把这个小小的地球村整治成地上乐园。

2000年4月8日

第四辑 谈老年

谈　老

　　偶读白香山诗，读到一首《咏老赠梦得》，觉得很有意思，先把诗抄在下面：

　　　　与君俱老也，
　　　　自问老何如。
　　　　眼涩夜先卧，
　　　　头慵朝未梳。
　　　　有时扶杖出，
　　　　尽日闭门居。
　　　　懒照新磨镜，
　　　　休看小字书。
　　　　情于故人重，
　　　　迹共少年疏。
　　　　惟是闲谈兴，
　　　　相逢尚有余。

老，在人生中，是一件大事。佛家讲生、老、病、死，可见其地位之重要。但是对待老的态度，各个时代的人却是很不相同的。白香山是唐代人。他在这一首诗中表现出来的态度，我觉得还过得去。他是心平气和的，没有叹老嗟贫，没有见白发而心惊，睹颓颜而伤心。这在当时说已经是颇为难得的了。但是，其中也多少有一些消极的东西。比如说懒梳头、不看镜等等。诗中也表现了他的一些心理活动，比如说"情于故人重，迹共少年疏"，这恐怕是古今之所同。我们今天常讲的代沟，不是"迹共少年疏"吗？

到了今天，人间已经换了几次，情况大大地变了。今天，古稀老人，触目皆是，谁也不觉得稀奇了。我相信，我们绝大多数都是唯物主义者，我们认为，老是自然规律，老是人生阶段之一，能达到这个阶段，就是幸福的。大家都想再多活几年，再多给人民做点事情。老以后还有一个阶段，那一个阶段也肯定会来的，这也是自然规律，谁也不会像江淹说的那样："莫不饮恨而吞声。"

至于说"迹共少年疏"，虽然是古今之所同，但是我认为不是不能挽救的。今天我们老人，还有年轻人，在我们思想中的封建的陈旧的东西恐怕是越来越少了吧，我们老人并不会认为，自己一贯正确，永远正确，"嘴上无毛，办事不牢"。我们承认自己阅历多，经验富，但也承认精力衰退，容易保守。年轻人阅历浅，经验少，但是他们精力充沛，最少保守思想。将来的天下毕竟是他们的。我们老年和青年，我相信只要双方都愿意，是能谈得来的。"迹共少年疏"，会变为"迹共少年密"（平仄有点不协）的。

1985年6月17日

老　年

　　人确实是极为奇怪的动物，到了老年，往往还不承认自己老。我也并非例外。过了还历之年，有人喊自己"季老"，还觉得很刺耳，很不舒服。只是在到了耄耋之年，对这个称呼，才品出来了一点滋味，觉得有点舒服。我在任何方面都是后知后觉。天性如此，无可奈何。

　　我觉得，在人类前进的极长的历史过程中，每一代人都只是一条链子上的一个环。拿接力赛来作比，每一代人都是从前一代手中接过接力棒，跑完了一棒，再把棒递给后一代人。这就是人生。人生的意义与价值就在于认真负责地完成自己这一棒的任务。做到这一步，就可以心安理得了。古代印度人有人生四阶段的说法，是颇有见地的。

　　这个道理其实是极为明白易懂的，但是却极少人了解。古代有一些人，主要是皇帝老子，梦想长生不老，结果当然是竹篮子打水，一场空。古代和近代，甚至当代，有一些人，到了老年愁这愁那：一方面为子孙积财，甚至不择手段；一方面又为自己的身后着想，修造坟场，筹建祠堂。这是有钱人的事。没有钱的老年人心事更多，想为子孙积攒钱财，又力不从心，捉襟见肘。财积不成，又良心难安。等到大限来到之时，还是两手空空，抱着无限负疚的心情，去见阎罗大王。大概在望乡台上，还是老泪纵横哩。

最近翻看明人笔记，在一本名叫《霏雪录》的书里读到了一段话，是抄的唐代大诗人白居易的一首自警诗，原诗是：

> 蚕老茧成不庇身，
> 蜂饥蜜熟属他人。
> 须知年老忧家者，
> 恐似二虫虚苦辛。

诗句明白易懂，道理浅显清楚。在中国历代著名的文人中，白居易活的年龄算是相当老的。他到了老年，有了这样通脱的想法，耐人寻味，这恐怕同他晚年的信仰有关。他信仰佛教，大概又受到了中国传统道教的影响。这一首诗可以帮助我们思考一些问题。

1993年12月26日

老年谈老

老年谈老，就在眼前；然而谈何容易！

原因何在呢？原因就在，自己有时候承认老，有时候又不承认，真不知道从何处谈起。

记得很多年以前，自己还不到六十岁的时候，有人称我为"季老"，心中颇有反感，应之逆耳，不应又不礼貌，左右两难，极为尴尬。然而曾几何时，在不知不觉中，渐渐地听得入耳了，有时甚至还有点甜蜜感。自己吃了一惊：原来自己真是老了，而且也承认老了。至于这个大转变是从什么时候开始的，自己有点茫然懵然，我正在推敲而且研究。

不管怎样，一个人承认老是并不容易的。我的一位九十岁出头的老师有一天对我说，他还不觉得老，其他可知了。我认为，在这里关键是一个"渐"字。若干年前，我读过丰子恺先生一篇含有浓厚哲理的散义，讲的就是这个"渐"字。这个字有大神通力，它在人生中的作用决不能低估。人们有了忧愁痛苦，如果不渐渐地淡化，则一定会活不下去的。人们逢到极大的喜事，如果不渐渐地恢复平静，则必然会忘乎所以，高兴得发狂。人们进入老境，也是逐渐感觉到的。能够感觉到老，其妙无穷。人们渐渐地觉得老了，从积极方面来讲，它能够提醒你：一个人的岁月决不是取之不尽用之不竭的，应该抓紧时间，把想做的事情做完，做好，免得无常一到，后悔无及。从消极方面来讲，一想到自己的年龄，那些血气方刚时干的勾当就不应该再去硬干。个别喜欢争名于朝、争利于市的人，或许也能收敛一点。老之为用大矣哉！

我自己是怎样对待老年呢？说来也颇为简单。我虽年届耄耋，内部零件也并不都非常健全；但是我处之泰然，我认为，人上了年纪，有点这样那样的病，是合乎自然规律的，用不着大惊小怪。如果年老了，硬是一点病都没有，人人活上二三百岁甚至更长的时间，那么今天狂呼"老龄社会"者，恐怕连嗓子也会喊哑，而且吓得浑身发抖，连地球也会被压塌的。我不想做长生的梦。我对老年，甚至对人生的态度是道家的。我信奉陶渊明的两句诗：

纵浪大化中

不喜亦不惧

这就是我对待老年的态度。

看到我已经有了一把子年纪，好多人都问我：有没有什么长寿秘诀。我的答复是：我的秘诀就是没有秘诀，或者不要秘诀。我常常看到有一些相信秘诀的人，禁忌多如牛毛。这也不敢吃，那也不敢尝，比如，吃鸡蛋只吃蛋清，不吃蛋黄，因为据说蛋黄胆固醇高；动物内脏决不入口，同样因为胆固醇高。有的人吃一个苹果要消三次毒，然后削皮；削皮用的刀子还要消毒，不在话下；削了皮以后，还要消一次毒，此时苹果已经毫无苹果味道，只剩下消毒药水味了。从前有一位化学系的教授，吃饭要仔细计算卡路里的数量，再计算维生素的数量，吃一顿饭用的数学公式之多等于一次实验。结果怎样呢？结果每月饭费超过别人十倍，而人却瘦成一只干巴鸡。一个人到了这个地步，还有什么人生之乐呢？如果再戴上放大百倍的显微镜眼镜，则所见者无非细菌，试问他还能活下去吗？

至于我自己呢，我决不这样做，我一无时间，二无兴趣。凡是我觉得好吃的东西我就吃，不好吃的我就不吃，或者少吃，卡路里、维生素统统见鬼去吧。心里没有负担，胃口自然就好，吃进去的东西都能很好地消化。再辅之以腿勤、手勤、脑勤，自然百病不生了。脑勤我认为尤其重要。如果非要让我讲出一个秘诀不行的话，那么我的秘诀就是：千万不要让脑筋懒惰，脑筋要永远不停地思考问题。

我已年届耄耋，但是，专就北京大学而论，倚老卖老，我还没有资格。在教授中，按年龄排队，我恐怕还要排到二十多位以后。我幻想眼前有一个按年龄顺序排列的向八宝山进军的北大教授队伍。我后面的人当然很多。但是向前看，我还算不上排头，心里颇得安慰，并不着急。可是偏有一些排在我后面的比我年轻的人，风风火火，抢在我前面，越过排头，登上山去。我心里实在非常惋惜，又有点怪他们，今天我国的平均寿命已经超过七十岁，比解放前增加了一倍，你们正在精力旺盛时期，为国效力，正是好时机，为什么非要抢先登山不行呢？这我无法阻拦，恐怕也非本人所愿。不过我已下定决心，决不抢先夹塞。

不抢先夹塞活下去目的何在呢？要干些什么事呢？我一向有一个自己认为是正确的看法：人吃饭是为了活着，但活着却不是为了吃饭。到了晚年，更是如此。我还有一些工作要做，这些工作对人民对祖国都还是有利的，不管这个"利"是大是小。我要把这些工作做完，同时还要再给国家培养一些人才。我仍然要老老实实干活，清清白白做人，决不干对不起祖国和人民的事；要尽量多为别人着想，少考虑自己的得失。人过了八十，金钱富贵等同浮云，要多为下一代操心，少考虑个人名利，写文章决不剽窃抄袭，欺世盗名。等到非走不行的时候，就顺其自然，坦然离去，无愧于个人良心，则吾愿足矣。

要说的话已经说完，但是我还想借这个机会发点牢骚。我在上面提到"老龄社会"这个词儿。这个概念我是懂得的，有一些措施我也是赞成的。什么干部年轻化，教师年轻化，我都举双手赞成。但是我对报纸上天天大声叫嚷"老龄社会"，却有极大的反感。好像人一过六十就成了社会的包袱，成了阻碍社会进步的绊脚石，我看有点危言耸听，不知道用意何在。我自己已是老人，我也观察过许多别的老人。他们中游手好闲者有之，躺在医院里不能动的有之，天天提鸟笼持钓竿者有之，如此等等，不一而足。但这只是少数，并不是老人的全部。还有不少老人虽然已经寿登耄耋，年逾期颐，向着白寿甚至茶寿进军，但仍然勤勤恳恳，焚膏继晷，兀兀穷年，难道这样一些人也算是社会的包袱？我倒不一定赞成"姜是老的辣"这样一句话。年轻人朝气蓬勃，是我们未来希望之所在，让他们登上要路津，是完全必要的。但是对老年人也不必天天絮絮叨叨，耳提面命："你们已经老了！你们已经不行了！对老龄社会的形成你们不能辞其咎呀！"这样做有什么用处呢？随着生活的日益改善，人们的平均寿命还要提高，将来老年人在社会中所占的比例还要提高。即使你认为这是一件坏事，你也没有法子改变。听说从前钱玄同先生主张，人过四十一律枪毙。这只是愤激之辞，有人作诗讽刺他自己也活过了四十而照样活下去。我们有人老是为社会老龄化担忧，难道能把六十岁以上的人统统赐自尽吗？老龄化同人口多不是一码事。担心人口爆炸，用计划生育的办法就能制止。老龄化是自然趋势，而且无法制止。既然无法制止，就不必瞎嚷，这是徒劳无益的。我总怀疑，"老龄化"这玩意儿也是从外国进口的舶来品。西方人有同我们不同的伦理概念。我们大可以不必东施效颦。质诸高明，以为如何？

　　牢骚发完，文章告终，过激之处，万望包容。

1991年7月15日

谈老年

一

　　我已经到了望九之年，无论怎样说都只能说是老了。但是，除了眼有点不明，耳有点不聪，走路有点晃悠之外，没有什么老相，每天至少还能工作七八个小时。我没有什么老的感觉，有时候还会有点沾沾自喜。

　　可是我原来并不是这个样子的。

　　我生来就是一个性格内向、胆小怕事的人。我之所以成为现在这样一个人，完全是环境逼迫出来的。我向无大志。小学毕业后，我连报考赫赫有名的济南省立第一中学的勇气都没有，只报了一个"破正谊"。那种"大丈夫当如是也"的豪言壮语，我认为，只有英雄才能有，与我是不沾边的。

　　在寿命上，我也是如此。我的第一本账是最多能活到50岁，因为我的父母都只活到四十几岁，我绝不会超过父母的。

　　然而，不知道怎么一来，五十之年在我身边倏尔而过，没有留下任何痕迹，我也根本没有想到过。接着是中国老百姓最忌讳的两个年龄：73岁，孔子之寿；84岁，孟子之寿。这两个年龄也像白驹过隙一般在我身旁飞过，也没有留下任何痕迹，我也根本没有想到过，到了现在，我就要庆祝米寿了。

　　早在20世纪50年代，我才40多岁，不知为什么忽发奇想，想到自己是否能活到21世纪。我生于1911年，必须能活到89岁才能见到21世纪，而89这个数字对于我这个素无大志的人来说，简直就是个天文数字。我阅读中外学术史和文学史，有一个别人未必有的习惯，就是注意传主的生年卒月，我吃惊地发现，古今中外的大学者和大文学家活到90岁的简直如凤毛麟角。中国宋代的陆游活到85岁，可能就是中国诗人之冠了。胆怯如我者，遥望21世纪，遥望89这个数字，有如遥望海上三山，山在虚无缥缈间，可望而不可即了。

　　陈岱孙先生长我11岁，是世纪的同龄人。当年在清华时，我是外语系的学生，他是经济系主任兼法学院院长，我们可以说是有师生关系。解放后，很长一段时间，我们俩同在全国政协，而且同在社会科学组，我们可以说又成了朋友，成了忘年交。陈先生待人和蔼，处世谨慎，从不说过分过激的话；但是，对我说话，却是相当随便的。他90岁的那一年，我还不到80岁。有一天，他对我说："我并没有感到自己老了。"我当时颇有点吃惊，难道90岁还不能算是老吗？可是，人生真如电光石火，时间真是转瞬即逝，曾几何时，我自己也快到90岁了。不可能的事情成为可能了，不可信的事情成为可信了。"此中有真意，欲辩已无言"，奈之何哉！

1999年7月19日

二

即使自己没有老的感觉，但是老毕竟是一个事实。于是，我也就常常考虑老的问题，注意古今中外诗人、学者涉及老的篇章。在这方面，篇章异常多，内容异常复杂。约略言之，可能有以下几种情况，最普遍最常见的是叹老嗟贫，这种态度充斥于文人的文章中和老百姓的俗话中。老与贫皆非人之所愿，然而谁也回天无力，在万般无奈的情况下，只能叹而且嗟，聊以抒发郁闷而已，其次是故作豪言壮语，表面强硬，内实虚弱。最有名的最为人所称誉的曹操的名作：

> 老骥伏枥，
>
> 志在千里。
>
> 烈士暮年，
>
> 壮心不已。

初看起来气粗如牛，仔细品味，实极空洞。这有点像在深夜里一个人独行深山野林中故意高声唱歌那样，流露出来的正是内心的胆怯。

对老年这种现象进行平心静气的肌擘理分的文章，在中国好像并不多。最近偶尔翻看杂书，读到了两本书，其中有两篇关于老年的文章，合乎我提到的这个标准，不妨介绍一下。

先介绍古罗马西塞罗（公元前106—前43年）的《论老年》。他是有名的政治家、演说家和散文家，《论老年》是他的《三论》之一。西塞罗先介绍了一位活到107岁的老人的话："我并没有觉得老年有什么不好。"这就为本文定了调子。接着他说：

老年之所以被认为不幸福有四个理由：第一是，它使我们不能从事积极的工作；第二是，它使身体衰弱；第三是，它几乎剥夺了我们所有感官上的快乐；第四是，它的下一步就是死。

他接着分析了这些说法有无道理。他逐项进行了细致的分析，并得出了有积极意义的答复。我在这里只想对第四项作一点补充。老年的下一步就是死，这毫无问题。然而，中国俗话说："黄泉路上无老少。"任何年龄的人都可能死的，也可以说，任何人的下一步都是死。

最后，西塞罗讲到他自己老年的情况。他编纂《史源》第七卷，搜集资料，撰写论文。他接着说：

此外，我还在努力学习希腊文；并且，为了不让自己的记忆力衰退，我仿效毕达哥拉斯派学者的方法，每天晚上把我一天所说的话、所听到或所做的事情再复述一遍……我很少感到自己丧失体力……我做这些事情靠的是脑力，而不是体力。即使我身体很弱，不能做这些事情，我也能坐在沙发上享受想象之乐……因为一个总是在这些学习和工作中讨生活的人，是不会察觉自己老之将至的。

这些话说得多么具体而真实呀。我自己的做法同西塞罗差不多。我总不让自己的脑筋闲着，我总在思考着什么，上至宇宙，下至苍蝇，我无所不想。思考锻炼看似是精神的，其实也是物质的。我之所以不感到老之已至，与此有紧密关联。

1999年7月20日

三

我现在介绍一下法国散文大家蒙田关于老年的看法，蒙田大名鼎鼎，昭如日月。但是，我对他的散文随笔却有与众不同的看法。他的随笔极多，他愿意怎样写，就怎样写；愿停就停，愿起就起，颇符合中国一些评论家的意见。我则认为，文章必须惨淡经营，这样松松散散，是没有艺术性的表现。尽管蒙田的思想十分深刻，入木三分，但是，这是哲学家的事。文学家可以有这种本领，但文学家最关键的本领是艺术性。

在《蒙田随笔》中有一篇论西塞罗的文章，意思好像是只说他爱好虚荣，对他的文章则只字未提。《蒙田随笔》三卷集最后一篇随笔是《论年龄》，其中涉及老年。在这篇随笔中，同其他随笔一样，文笔转弯抹角，并不豁亮，有古典，也有"今典"，颇难搞清他的思路。蒙田先讲，人类受大自然的摆布，常遭不测，不容易活到预期的寿命。他说："老死是罕见的、特殊的、非一般的。"这话不易理解。下面他又说道：人的活力二十岁时已经充分显露出来。他还说，人的全部丰功伟业，不管何种何类，不管古今，都是三十岁以前而非以后创立的。这意见，我认为也值得商榷。最后，蒙田谈到老年："有时是身躯首先衰老，有时也会是心灵。"这是符合实际情况的。

蒙田就介绍到这里。

我在上面说到，古今中外谈老年的诗文极多极多，不可能，也不必一一介绍。在这里，我想，有的读者可能要问："你虽然不感老之已至，但是你对老年的态度怎样呢？"

这问题问得好，是地方，也是时候，我不妨回答一下。我是曾经死过一次的人。读者诸君，千万不要害怕，我不是死鬼显灵，而是活生生的人。所谓"死过一次"，只要读过我的《牛棚杂忆》就能明白，不必再细说。总之，从1967年12月以后，我多活一天，就等于多赚了一天，算到现在，我已经多活了，也就是多赚了三十多年了，已经超过了我满意的程度。死亡什么时候来临，对我来说都是无所谓的，我随时准备着开路，而且无悔无恨。我并不像一些魏晋名士那样，表面上放浪形骸，不怕死亡。其实他们的狂诞正是怕死的表现。如果真正认为死亡是微不足道的事，何必费那么大劲装疯卖傻呢？

根据我上面说的那个理由，我自己的确认为死亡是微不足道，极其自然的事。连地球，甚至宇宙有朝一日也会灭亡，戋戋者人类何足挂齿！我是陶渊明的信徒，是听其自然的，"应尽便须尽，何必独多虑"！但是，我还想说明，活下去，我是高兴的。不过，有一个条件，我并不是为活着而活着。我常说，吃饭为了活着，但活着并不是为了吃饭。我对老年的态度约略如此，我并不希望每个人都跟我抱同样的态度。

1999年7月21日

老年十忌

我已经在本栏写过谈老年的文章，意犹未尽，再写"十忌"。

忌，就是禁忌，指不应该做的事情。人的一生，都有一些不应该做的事情，这是共性。老年是人生的一个阶段，有一些独特的不应该做的事情，这是特性，老年禁忌不一定有十个。我因受传统的"十全大补""某某十景"之类的"十"字迷的影响，姑先定为十个。将来或多或少，现在还说不准。骑驴看唱本，走着瞧吧。

一忌：说话太多。说话，除了哑巴以外，是每人每天必有的行动。有的人喜欢说话，有的人不喜欢，这决定于一个人的秉性，不能强求一律。我在这里讲忌说话太多，并没有"祸从口出"或"金人三缄其口"的含义。说话惹祸，不在话多话少，有时候，一句话就能惹大祸。口舌惹祸，也不限于老年人，中年和青年都可能由此致祸。

我先举几个例子。

某大学有一位老教授，道德文章，有口皆碑。虽年逾耄耋，而思维敏锐，说话极有条理。不足之处是：一旦开口，就如悬河泄水，滔滔不绝；又如开了闸，再也关不住，水不断涌出。在那个大学里流传着一个传说：在学校召开的会上，某老一开口发言，有的人就退席回家吃饭，饭后再回到会场，某老谈兴正浓。据说有一次博士生答辩会，规定开会时间为两个半小时，某老参加，一口气讲了两个小时，这个会会是什么结果，答辩委员会的主席会有什么想法和措施，他会怎样抓耳挠腮，坐立不安，概可想见了。

另一个例子是一位著名的敦煌画家。他年轻的时候，头脑清楚，并不喜欢说话。一进入老境，脾气大变，也许还有点老年痴呆症的原因，说话既多又不清楚。有一年，在北京国家图书馆新建的大礼堂中召开中国敦煌吐鲁番学会的年会，开幕式必须请此老讲话。我们都知道他有这个毛病，预先请他夫人准备了一个发言稿，简捷而扼要，塞入他的外衣口袋里，再三叮嘱他，念完就退席。然而，他一登上主席台就把此事忘得一干二净，摆开架子，开口讲话，听口气是想从开天辟地讲起，如果讲到那一天的会议，中间至少有三千年的距离，主席有点沉不住气了。我们连忙采取紧急措施，把他夫人请上台，从他口袋里掏出发言稿，让他照念，然后下台如仪，会议才得以顺利进行。

类似的例子还可以举出一些来，我不再举了。根据我个人的观察，不是每一个老人都有这个小毛病，有的人就没有。我说它是"小毛病"，其实并不小。试问，我上面举出的开会的例子，难道那还不会制造极为尴尬的局面吗？当然，话又说了回来，爱说长话的人并不限于老年，中青年都有，不过以老年为多而已。因此，我编了四句话，奉献给老人：年老之人，血气已衰；煞车失灵，戒之在说。

二忌：倚老卖老。20世纪50年代和60年代前期，中国政治生活还比较（我只说是"比较"）正常的时候，周恩来招待外宾后，有时候会把参加招待的中国同志在外宾走后留下来，谈一谈招待中有什么问题或纰漏，有点总结经验的意味。这时候刚才外宾在时严肃的场面一变而为轻松活泼，大家都争着发言，谈笑风生，有时候一直谈到深夜。

有一次，总理发言时使用了中国常见的"倚老卖老"这个词儿。翻译一时有点迟疑，不知道怎样恰如其分地译成英文。总理注意到了，于是在客人走后就留下中国同志，议论如何翻译好这个词儿。大家七嘴八舌，最终也没能得出满意的结论。我现在查了两部《汉英词典》，都把这个词儿译为 to take advantage of one's seniority or old age，意思是利用自己的年老，得到某一些好处，比如脱落形迹之类。我认为基本能令人满意的；但是"达到脱落形迹的目的"，似乎还太狭隘了一点，应该是"达到对自己有利的目的"。

人世间确实不乏"倚老卖老"的人，学者队伍中更为常见。眼前请大家自己去找。我讲点过去的事情，故事就出在清吴敬梓的《儒林外史》中。吴敬梓有刻画人物的天才，着墨不多，而能活灵活现。第十八回，他写了两个时文家。胡三公子请客：

四位走进书房，见上面席间先坐着两个人，方巾白须，大模大样，见四位进来，慢慢立起身。严贡生认得，便上前道："卫先生、随先生都在这里，我们公揖。"当下作过了揖，请诸位坐。那卫先生、随先生也不谦让，仍旧上席坐了。

倚老卖老，架子可谓十足。然而本领却并不怎么样，他们的诗，"且夫""尝谓"都写在内，其余也就是文章批语上采下来的几个字眼。一直到今天，倚老卖老，摆老架子的人大都如此。

平心而论，人老了，不能说是什么好事，老态龙钟，惹人厌恶；但也不能说是什么坏事。人一老，经验丰富，识多见广。他们的经验，有时会对个人，甚至对国家，有些用处的。但是，这种用处是必须经过事实证明的，自己一厢情愿地认为有用处，是不会取信于人的。另外，根据我个人的体验与观察，一个人，老年人当然也包括在里面，最不喜欢别人瞧不起他。一感觉到自己受了怠慢，心里便不是滋味，甚至怒从心头起，拂袖而去。有时闹得双方都不愉快，甚至结下怨仇。这是完全要不得的。一个人受不受人尊敬，完全决定于你有没有值得别人尊敬的地方。在这里，摆架子，倚老卖老，都是枉然的。

三忌：思想僵化。人一老，在生理上必然会老化；在心理上或思想上，就会僵化。此事理之所必然，不足为怪。要举典型，有鲁迅的九斤老太在。

从生理上来看，人的躯体是由血、肉、骨等物质的东西构成的，是物质的东西就必然要变化、老化，以至消逝。生理的变化和老化必然影响心理或思想，这是无法抗御的。但是，变化、老化或僵化却因人而异，并不能一视同仁。有的人早，有的人晚；有的人快，有的人慢。所谓老年痴呆症，只是老化的一个表现形式。

空谈无补于事，试举一标本，加以剖析。远在天边，近在眼前，标本就是我自己。

我已届九旬高龄，古今中外的文人能活到这个年龄者只占极少数。我不相信这是由于什么天老爷、上帝或佛祖的庇祐，而是享了新社会的福。现在，我目虽不太明，但尚能见物；耳虽不太聪，但尚能闻声。看来距老年痴呆和八宝山还有一段距离，我也还没有这样的计划。

但是，思想僵化的迹象我也是有的。我的僵化同别人或许有点不同：它一半自然，一半人为；前者与他人共之，后者则为我所独有。

我不是九斤老太一党，我不但不认为"一代不如一代"，而且确信"雏凤清于老凤声"。可是最近几年来，一批"新人类"或"新新人类"脱颖而出，他们好像是一批外星人，他们的思想和举止令我迷惑不解，惶恐不安。这算不算是自然的思想僵化呢？

　　至于人为的思想僵化，则多一半是一种逆反心理在作祟。就拿穿中山装来作例子。我留德十年，当然是穿西装的。解放以后，我仍然有时改着西装。可是改革开放以来，不知从哪吹来了一股风，一夜之间，西装遍神州大地矣。我并不反对穿西装；但我不承认西装就是现代化的标志，而且打着领带锄地，我也觉得滑稽可笑。于是我自己就"僵化"起来，从此再不着西装，国内国外，大小典礼，我一律蓝色卡其布中山装一袭，以不变应万变矣。

　　还有一个"化"，我不知道怎样称呼它。世界科技进步，一日千里，没有科技，国难以兴，事理至明，无待赘言。科技给人类带来的幸福，也是有目共睹的。但是，它带来了危害，也无法掩饰。世界各国现在都惊呼坏保，环境污染难道不是科技发展带来的吗？犹有进者。我突然感觉到，科技好像是龙虎山张天师镇妖瓶中放出来的妖魔，一旦放出来，你就无法控制。只就克隆技术一端言之，将来能克隆人，指日可待。一旦实现，则人类社会迄今行之有效的法律准则和伦理规范，必遭破坏。将来的人类社会变成什么样的社会呢？我有点不寒而栗。这似乎不尽属于"僵化"范畴，但又似乎与之接近。

　　四忌：不服老。服老，《现代汉语词典》的解释："承认年老。"可谓简明扼要。人上了年纪，是一个客观事实，服老就是承认它，这是唯物主义的态度。反之，不承认，也就是不服老倒迹近唯心了。

　　中国古代的历史记载和古典小说中，不服老的例子不可胜数，尽人皆知，无须列举。但是，有一点我必须在这里指出来：古今论者大都为不服老唱赞歌，这有点失于偏颇，绝对地无条件地赞美不服老，有害无益。

　　空谈无补，举几个实例，包括我自己。

　　1949年春夏之交，解放军进城还不太久，忘记了是出于什么原因，毛泽东的老师徐特立约我在他下榻的翠明庄见面。我准时赶到，徐老当时年已过八旬，从楼上走下，卫兵想去扶他，他却不停地用胳膊肘捣卫兵的双手，一股不服老的劲头至今给我留下了难忘的印象。

再一个例子是北大 20 年代的教授陈翰笙先生。陈先生生于 1896年，跨越了三个世纪，至今仍然健在。他晚年病目失明，但这丝毫也没有影响了他的活动，有会必到。有人去拜访他，他必把客人送到电梯门口。有时还会对客人伸一伸胳膊，踢一踢腿，表示自己有的是劲。前几年，每天还安排时间教青年英文，分文不取。这样的不服老我是钦佩的。

也有人过于服老。年不到五十，就不敢吃蛋黄和动物内脏，怕胆固醇增高。这样的超前服老，我是不敢钦佩的。

至于我自己，我先讲一段经历。是在 1995 年，当时我已经达到了84 岁高龄。然而我却丝毫没有感觉到，不知老之已至，正处在平生写作的第二个高峰中。每天跑一趟北大图书馆，几达两年之久，风雪无阻。我已经有点忘乎所以了。一天早晨，我照例四点半起床，到东边那一单元书房中去写作。一转瞬间，肚子里向我发出信号：该填一填它了。一看表，已经六点多了。于是我放下笔，准备回西房吃早点。可是不知是谁把门从外面锁上了，里面开不开。我大为吃惊，回头看到封了顶的阳台上有一扇玻璃窗可以打开。我于是不加思索，立即开窗跳出，从窗口到地面约有一米八高。我一堕地就跌了一个大马趴，脚后跟有点痛。旁边就是洋灰台阶的角，如果脑袋碰上，后果真不堪设想，我后怕起来了。我当天上下午都开了会，第二天又长驱数百里到天津南开大学去作报告。脚已经肿了起来。第三天，到校医院去检查，左脚跟有点破裂。

我这样的不服老，是昏聩糊涂的不服老，是绝对要不得的。

我在上面讲了不服老的可怕，也讲到了超前服老的可笑。然则何去何从呢？我认为，在战略上要不服老，在战术上要服老，二者结合，庶几近之。

五忌：无所事事。这是一个比较复杂的问题，必须细致地加以分析，区别对待，不能一概而论。

达官显宦，在退出政治舞台之后，幽居府邸，"庭院深深深几许"，我辈槛外人无法窥知，他们是无所事事呢，还是有所事事，无从谈起，姑存而不论。

富商大贾，一旦钱赚够了，年纪老了，把事业交给儿子、女儿或女婿，他们是怎样度过晚年的，我们也不得而知，我们能知道的只是钞票不能拿来炒着吃。这也姑且存而不论。

说来说去，我所能够知道的只是工、农和知识分子这些平头老百姓。中国古人说："一事不知，儒者之耻。"今天，我这个"儒者"却无论如何也没有胆量说这样的大话。我只能安分守己，夹起尾巴来做人，老老实实地只谈论老百姓的无所事事。

我曾到过承德，就住在避暑山庄对面的一旅馆里。每天清晨出门散步，总会看到一群老人，手提鸟笼，把笼子挂在树枝上，自己则分坐在山庄门前的石头上，"闲坐说玄宗"。一打听，才知道他们多是旗人，先人是守卫山庄的八旗兵，而今老了，无所事事，只有提鸟笼子。试思：他们除了提鸟笼子外还能干什么呢？他们这种无所事事，不必深究。

北大也有一批退休的老工人，每日以提鸟笼为业。过去他们常聚集在我住房附近的一座石桥上，鸟笼也是挂在树枝上，笼内鸟儿放声高歌，清脆嘹亮。我走过时，也禁不住驻足谛听，闻而乐之。这一群工人也可以说是无所事事，然而他们又怎样能有所事事呢？

现在我自己也是其中一分子，因而我只能谈我最了解情况的知识分子。国家给年老的知识分子规定了退休年龄，这是合情合理的，应该感激的。但是，知识分子行当不同，身体条件也不相同。是否能做到老有所为，完全取决于自己，不取决于政府。自然科学和技术，我不懂，不敢瞎说。至于人文社会科学，则我是颇为熟悉的。一般说来，社会科学的研究不靠天才火花一时的迸发，而靠长期积累。一个人到了六十多岁退休的关头，往往正是知识积累和资料积累达到炉火纯青的时候。一旦退下，对国家和个人都是一个损失。有进取心有干劲者，可能还会继续干下去的。可是大多数人则无所事事。我在南北几个大学中都听到了有关"散步教授"的说法，就是，一个退休教授天天在校园里溜达，成了全校著名的人物。我没同"散步教授"谈过话，不知道他们是怎样想的。估计他们也不会很舒服。锻炼身体，未可厚非。但是，整天这样"锻炼"，不也太乏味太单调了吗？学海无涯，何妨再跳进去游泳一番，再扎上两个猛子，不也会身心两健吗？蒙田说得好："如果大脑有事可做，有所制约，它就会在想象的旷野里驰骋，有时就会迷失方向。"

六忌：提当年勇。

我做了一个梦。我驾着祥云或别的什么云，飞上了天宫，在凌霄宝殿多功能厅里，参加了一个务虚会。第一个发言的是项羽。他历数早年指挥雄师数十万，横行天下，各路诸侯皆俯首称臣，他是诸侯盟主，颐指气使，没有敢违抗者。鸿门设宴，吓得刘邦像一只小耗子一般。说到尽兴处，手舞足蹈，吐沫星子乱溅。这时忽然站起来了一位天神，问项羽：四面楚歌、乌江自刎是怎么一回事呀？项羽立即垂下了脑袋，仿佛是一个泄了气的皮球。

第二个发言的是吕布，他手握方天画戟，英气逼人。他放言高论，大肆吹嘘自己怎样戏貂婵，杀董卓，为天下人民除害；虎牢关力敌关、张、刘三将，天下无敌。正吹得眉飞色舞，一名神仙忽然高声打断了他的发言："白门楼上向曹操下跪，恳求饶命，大耳贼刘备一句话就断送了你的性命，是怎么一回事呢？"吕布面色立变，流满了汗，立即下台，像一只斗败了的公鸡。

第三个发言的是关羽。他久处天宫，大地上到处都有关帝庙，房子多得住不过来。他威仪俨然，放不下神架子。但发言时，一谈到过五关斩六将，用青龙偃月刀挑起曹操捧上的战袍时，便不禁圆睁丹凤眼，猛抖卧蚕眉，兴致淋漓，令人肃然。但是又忽然站起了一位天官，问道："夜走麦城是怎么一回事呢？"关公立即放下神架子，神色仓皇，脸上是否发红，不得而知，因为他的脸本来就是红的。他跳下讲台，在天宫里演了一出夜走麦城。

我听来听去，实在厌了，便连忙驾祥云回到大地上，正巧落在绍兴，又正巧阿Q被小D抓住辫子往墙上猛撞，阿Q大呼："我从前比你阔得多了！"可是小D并不买账。

谁一看都能知道，我的梦是假的。但是，在芸芸众生中，特别是在老年中，确有一些人靠自夸当年勇来过日子。我认为，这也算是一种自然现象。争胜好强也许是人类一种本能。但一旦年老，争胜有心，好强无力，便难免产生一种自卑情结。可又不甘心自卑，于是只有自夸当年勇一途，可以聊以自慰。对于这种情况，别人是爱莫能助的。"解铃还需系铃人"，只有自己随时警惕。

现在有一些得了世界冠军的运动员有一句口头禅：从零开始。意思是，不管冠军或金牌多么灿烂辉煌，一旦到手，即成过去，从现在起又要从零开始了。

我觉得，从零开始是唯一正确的想法。

七忌：自我封闭。这里专讲知识分子，别的界我不清楚。但是，行文时也难免涉及社会其他阶层。

中国古人说："人生识字忧患始。"其实不识字也有忧患。道家说，万物方生方死。人从生下的一刹那开始，死亡的历程也就开始了。这个历程可长可短，长可能到一百年或者更长，短则几个小时，几天，少年夭折者有之，英年早逝者有之，中年弃世者有之，好不容易，跌跌撞撞，坎坎坷坷，熬到了老年，早已心力交瘁了。

能活到老年，是一种幸福，但也是一种灾难。并不是每一个人都能活到老年，所以说是幸福。但是老年又有老年的难处，所以说是灾难。

老年人最常见的现象或者灾难是自我封闭。封闭，有行动上的封闭，有思想感情上的封闭，形式和程度又因人而异。老年人有事理广达，有事理欠通达者。前者比较能认清宇宙万物以及人类社会发展的规律，了解到事物的改变是绝对的，不变是相对的，千万不要要求事物永恒不变。后者则相反，他们要求事物永恒不变；即使变，也是越变越坏，上面讲到的九斤老太就属于此类人。这一类人，即使仍然活跃在人群中，但在思想感情方面他们却把自己严密地封闭起来了。这是最常见的一种自我封闭的形式。

空言无益，试举几个例子。

我在高中读书时，有一位教经学的老师，是前清的秀才或举人。"五经"和"四书"背得滚瓜烂熟，据说还能倒背如流。他教我们《书经》和《诗经》，从来不带课本，业务是非常熟练的。

可学生并不喜欢他。因为他张口闭口："我们大清国怎样怎样。"学生就给他起了一个浑名"大清国"，他真实的姓名反隐而不彰了。我们认为他是老顽固，他认为我们是新叛逆。我们中间不是代沟，而是万丈深渊，是他把自己完全封闭起来了。

再举一个例子。我有一位老友，写过新诗，填过旧词，毕生研究中国文学史，都达到了相当高的水平。他为人随和，性格开朗，并没有什么乖僻之处。可是，到了最近几年，突然产生了自我封闭的现象，不参加外面的会，不大愿意见人，自己一个人在家里高声唱歌。我曾几次以老友的身份，劝他出来活动活动，他都婉言拒绝。他心里是怎样想的，至今对我还是一个谜。

我认为，老年人不管有什么形式的自我封闭现象，都是对个人健康不利的。我奉劝普天下老年人力矫此弊。同青年人在一起，即使是"新新人类"吧，他们身上的活力总会感染老年人的。

八忌：叹老嗟贫。叹老嗟贫，在中国的读书人中，是常见的现象，特别是所谓怀才不遇的人们中，更是特别突出。我们读古代诗文，这样的内容随时可见。在现代的知识分子中，这样的现象比较少见了，难道这也是中国知识分子进化或进步的一种表现吗？

我认为，这是一个十分值得研究的课题。它是中国知识分子学和中西知识分子比较学的重要内容。

我为什么又拉扯上了西方知识分子呢？因为他们与中国的不同，是现成的参照系。

西方的社会伦理道德标准同中国不同，实用主义色彩极浓。一个人对社会有能力作贡献，社会就尊重你。一旦人老珠黄，对社会没有用了，社会就丢弃你，包括自己的子孙也照样丢弃了你，社会舆论不以为忤。当年我在德国哥廷根时，章士钊的夫人也同儿子住在那里，租了一家德国人的三楼居住。我去看望章伯母时，走过二楼，经常看到一间小屋关着门，门外地上摆着一碗饭，一丝热气也没有。我最初认为是喂猫或喂狗用的。后来一打听，才知道是给小屋内卧病不起的母亲准备的饭菜。同时，房东还养了一条大狼狗，一天要吃一斤牛肉。这种天上人间的情况无人非议，连躺在小屋内病床上的老太太大概也会认为所有这一切都是顺理成章的吧。

在这种狭隘的实用主义大潮中，西方的诗人和学者极少极少写叹老嗟贫的诗文。同中国比起来，简直不成比例。

在中国，情况则大大地不同。中国知识分子一向有"学而优则仕"的传统。过去一千多年以来，仕的途径只有一条，就是科举。"千军万马独木桥"，所有的读书人都拥挤在这一条路上，从秀才—举人向上爬，爬到进士参加殿试，僧多粥少，极少数极幸运者可以爬完全程，"仕宦而至将相，富贵而归故乡"，达到这个目的万中难得一人。大家只要读一读《儒林外史》，便一目了然。在这样的情况下，倘若科举不利，老而又贫，除了叹老嗟贫以外，实在无路可走了。古人说"诗必穷而后工"，其中"穷"字也有科举不利这个含义。古代大官很少有好诗文传世，其原因实在耐人寻味。

今天，时代变了。但是"学而优则仕"的幽灵未泯，学士、硕士、博士、院士代替了秀才、举人、进士、状元。骨子里并没有大变。在当今知识分子中，一旦有了点成就，便立即披上一顶乌纱帽，这现象难道还少见吗？

今天的中国社会已能跟上世界潮流，但是，封建思想的残余还不容忽视。我们都要加以警惕。

九忌：老想到死。好生恶死，为所有生物之本能。我们只能加以尊重，不能妄加评论。

作为万物之灵的人，更是不能例外。俗话说："黄泉路上无老少。"可是人一到了老年，特别是耄耋之年，离那一个长满了野百合花的地方越来越近了，此时常想到死，更是非常自然的。

今人如此，古人何独不然！中国古代的文学家、思想家、骚人、墨客大都关心生死问题。根据我个人的思考，各个时代是颇不相同的。两晋南北朝时期似乎更为关注。粗略地划分一下，可以分为三派。第一派对死十分恐惧，而且敢于十分坦荡地说出来。这一派可以江淹为代表。他的《恨赋》一开头就说："试望平原，蔓草萦骨，拱木敛魂。人生到此，天道宁论。"最后几句话是："自古皆有死。莫不饮恨而吞声。"话说得再清楚不过了。

第二派可以"竹林七贤"为代表。《世说新语·任诞第二十三》第一条就讲到阮籍、嵇康、山涛、刘伶、阮咸、向秀和王戎"常集于竹林之中，肆意酣畅"，这是一群酒徒。其中最著名的刘伶命人荷锸跟着他，说："死便埋我！"对死看得十分豁达。实际上，情况正相反，他们怕死怕得发抖，聊作姿态以自欺欺人耳。其中当然还有逃避残酷的政治迫害的用意。

第三派可以陶渊明为代表。他的意见具见他的诗《神释》中。诗中有这样的话："老少同一死，贤愚无复数。日醉或能忘，将非促龄具！立善常所欣，谁当为此举？甚念伤吾生，正宜委运去。纵浪大化中，不喜亦不惧。应尽便须尽，无复独多虑。"他反对酗酒麻醉自己，也反对常想到死。我认为，这是最正确的态度。最后四句诗成了我的座右铭。

我在上面已经说到，老年人想到死，是非常自然的。关键是：想到以后，自己抱什么态度。惶惶不可终日，甚至饮恨吞声，是最要不得，这样必将成陶渊明所说的"促龄具"。最正确的态度是顺其自然，泰然处之。

鲁迅不到五十岁，就写了有关死的文章。王国维则说："五十之年，只欠一死。"结果投了昆明湖。我之所以能泰然处之，有我的特殊原因。"十年浩劫"中，我已走到过死亡的边缘上，一个千钧一发的偶然性救了我。从那以后，多活一天，我都认为是多赚的。因此就比较能对死从容对待了。

我在这里诚挚奉劝普天之下的年老又通达事理的人，偶尔想一下死，是可以的；但不必老想。我希望大家都像我一样，以陶渊明《神释》诗最后四句为座右铭。

十忌：愤世嫉俗。愤世嫉俗这个现象，没有时代的限制，也没有年龄的限制。古今皆有，老少具备，但以年纪大的人为多。它对人的心理和生理都会有很大的危害，也不利于社会的安定团结。

世事发生必有其因。愤世嫉俗的产生也自有其原因。归纳起来，约有以下诸端：

首先，自古以来，任何时代，任何朝代，能完全满足人民大众的愿望者，绝对没有。不管汉代的文景之治怎样美妙，唐代的贞观之治和开元之治怎样理想，宫廷都难免腐败，官吏都难免贪污，百姓就因而难免不满，其尤甚者就是愤世嫉俗。

其次，"学而优则仕"达不到目的，特别是科举时代名落孙山者，人不在少数，必然愤世嫉俗。这在中国古代小说中可以找出不少的典型。

再次，古今中外都不缺少自命天才的人。有的真有点天才或者才干，有的则只是个人妄想，但是别人偏不买账，于是就愤世嫉俗。其尤甚者，如西方的尼采要"重新估定一切价值"，又如中国的徐文长。结果无法满足，只好自己发了疯。

最后，也是最常见的，对社会变化的迅猛跟不上，对新生事物看不顺眼，是九斤老太一党；九斤老太不识字，只会说"一代不如一代"，识字的知识分子，特别是老年人，便表现为愤世嫉俗，牢骚满腹。

以上只是一个大体的轮廓，不足为据。

在中国文学史上，愤世嫉俗的传统，由来已久。《楚辞》的"黄钟毁弃，瓦缶雷鸣"等语就是最早的证据之一。以后历代的文人多有愤世嫉俗之作，形成了知识分子性格上一大特点。

我也算是一个知识分子，姑以我自己为麻雀，加以剖析。愤世嫉俗的情绪和言论，我也是有的。但是，我又有我自己的表现方式。我往往不是看到社会上的一些不正常现象而牢骚满腹，怪话连篇，而是迷惑不解，惶恐不安。我曾写文章赞美过代沟，说代沟是人类进步的象征。这是我真实的想法。可是到了目前，我自己也傻了眼，横亘在我眼前的像我这样老一代人和一些"新人类""新新人类"之间的代沟，突然显得其阔无限，其深无底，简直无法逾越了，仿佛把人类历史断成了两截。我感到恐慌，我不知道这样发展下去将伊于胡底。我个人认为，这也是愤世嫉俗的一种表现形式，是要不得的；可我一时又改变不过来，为之奈何！

　　我不知道，与我想法相同或者相似的有没有人在，有的话，究竟有多少人。我想来想去，觉得还是毛泽东的两句诗好："牢骚太盛防肠断，风物常宜放眼量。"

2000年2月22日写毕

再谈老年

我在"夜光杯"上已经写过多篇关于老年的文章了。可是今天读了范敬宜先生的《"老泪"何以"浑浊"？》，又得了新的启发，不禁对老年再唠叨上几句。

范先生的文章中讲到，齐白石、刘海粟常在书画上写上"年方八十""年方九十"的字样。这事情我是知道的，也亲眼见过的。不知道由于什么原因，我看了总觉得心里不是滋味，觉得过于矫情。这往往使我想到晋代竹林七贤之类的人物，他们以豁达自命，别人也认为他们豁达。他们中有人让一个人携铁锹跟在自己身后，说："死便埋我！"从表面上来看，这对生死问题显得多么豁达。据我看，这正表示他们对死亡念念不忘，是以豁达文恐惧。

好生恶死，好少年恶老年，是人之常情。但是，我们应该有一个正确的生死观，正确的少年和老年观。我觉得，还是中国古代的道家最聪明，他们说：万物方生方死。一下子就把生与死，少年与老年联系在一起了。从生的方面来看，人一下生，是生的开始，同时也是死的开始。你活上一年，是生了一年，但是同时也是向死亡走近了一年。你是应该高兴呢？还是应该厌恶？你是应该喜呢？还是应该惧？

对于这个问题，我觉得，陶渊明的态度最值得赞美。他有一首诗说："纵浪大化中，不喜亦不惧。应尽便须尽，无复独多虑。"他的"尽"就是死。问题是谁来决定"应"还是"不应"。除非自杀，决定权不在自己手中。既然不在自己手中，你就用不着"多虑"（多操心）。这是最合理的态度。我不相信，人有什么生死轮回。一个人只能生一次，这是一个十分难得的机会，不能轻易放过，只要我们能活一天，我们就必须十分珍视这一天，因为它意味着我们又向死亡前进了一天。我们要抓紧这一天，尽量多做好事，少做或不做坏事。好事就是有利于国家，有利于人民，有利于世界的事。这样做，既能利他，又能利己。损人又不利己的事情是绝对做不得的。至于什么时候"应尽"，那既然不能由我们自己决定，也就不必"多虑"了。题写"年方八十""年方九十"的矫情举动要尽量避免。

攀登八宝山，是人人必走的道路。但这不是平常的登山活动，不必努力攀登，争取个第一名。对于这个活动，我一向是主张序齿的，老年人有优待证。但是，这个优待证他可以不使用。我自己反正已经下定决心，决不抢班夺权，决不夹塞。等到我"应尽"的时候，我会坦然从命，既不"饮恨"，也不"吞声"。

2002年4月4日

老年四"得"

　　著名的历史学家周一良教授，在他去世前的一段时间内，在一些公开场合，讲了他的或者他听到的老年健身法门。每一次讲，他都是眉开眼笑、眉飞色舞，十分投入。他讲了四句话：吃得进，拉得出，睡得着，想得开。这话我曾听过几次。我在心里第一个反应是：这有什么好讲的呢？不就是这样子吗？

　　一良先生不幸逝世以后，迫使我时常想到一些与他有关的事情，以上四句话，四个"得"，当然也在其中。我越想越觉得，这四句话确实很平凡；但是，人世间真正的真理不都是平凡的吗？真理蕴藏于平凡中，世事就是如此。

　　前三句话，就是我们所说的吃喝拉撒睡那一套，是每一个人每天都必须处理的，简直没有什么还值得考虑和研究的价值，但这是年青人和某一些中年人的看法。当年我在清华大学读书的时候，从来没想到这四个"得"的问题，因为它们不成问题。当时听说一个个子高大的同学患失眠症，我大惊失色。我睡觉总是睡不够的，一个人怎么会能失眠呢？失眠对我来说简直像是一个神话。至于吃和拉，更是不在话下。每一顿饭，如果少吃了一点，则不久就感到饿意。二战期间我在德国时，饿得连地球都想吞下去（借用俄国文豪果戈理《巡按使》中的话）。有一次下乡帮助农民摘苹果，得到四五斤土豆，我回家后一顿吃光，幸而没有撑死。怎么能够吃不下呢？直到80岁，拉对我也从来没有成为问题。

可是，"如今一切都改变"。前三个"得"，对我都成问题了。三天两头，总要便秘一次。吃了三黄片或果导，则立即变为腹泻。弄得我束手无策，不知所措。至于吃，我可以说，现在想吃什么就有什么。然而有时却什么也不想吃。偶尔有点饿意，便大喜若狂，昭告身边的朋友们："我饿了！"睡眠则多年来靠舒乐安定过日子。不值一提了。

我认为，周一良先生的四"得"的要害是第四个，也就是"想得开"。人，虽自称为"万物之灵"，对于其他生物可以任意杀害，也并不总是高兴的。常言道："不如意事常八九，可与言人无二三。"这两句话对谁都适合。连叱咤风云的君王和大独裁者，以及手持原子弹吓唬别的民族的新法西斯头子，也不会例外。对待这种情况，万应神药只有一味，就是"想得开"。可惜绝大多数人做不到。尤其是我提到的三种人。他们想不开，也根本不想想得开。最后只能成为不齿于人类的狗屎堆。

想不开的事情很多，但统而言之不出名利二字，所谓"名缰利索"者便是。世界上能有几人真正逃得出这个缰和这条索？对于我们知识分子，名缰尤其难逃。逃不出的前车之鉴比比皆是。周一良先生的第四"得"，我们实在应深思。它不但适用于老年人，对中青年人也同样适用。

2002年6月16日

赞"代沟"

现在常常听到有人使用"代沟"这个词儿。这个词儿看起来像一个外来语。然而它表达的内容却不限于外国，而是有普遍意义的，中国当然也不能够例外。

青年人怎样议论"代沟"，我不清楚。老年人一谈起来，往往流露出十分不满意的神气，有时候甚至有类似"人心不古，世道浇漓"之类的慨叹。这种神气和慨叹我也有过。我现在是一个地地道道的老年人了。老年人的心理状态，我同样也是有的。我们大概都感觉到，在青年人身上有一些东西，我们看着不顺眼；青年人嘴里讲一些话，我们听上去不大顺耳，特别是那一些新造的名词更是特别刺耳。他们的衣着、他们的态度、他们的言谈举动以及接物待人的礼节、他们欣赏的对象和趣味，总之，一切的一切，我们无不觉得不那么顺溜。脾气好一点的老头摇·摇头，叹一口气，脾气不太好的就难免发发牢骚，成为九斤老太的同党了。

如果说有一条沟的话，那么，我们就站在沟的这一边，那一边站的是年轻人。但是若干年以前，我们也曾在沟的那一边站过，站在这一边的是我们的父母、老师、长辈。不知道从什么时候起，好像是在一夜之间，我们忽然站到这边来了。原来站在这边的人，由于自然规律不可抗御，一个个地让出了位置，走向涅槃，空出来的位置由我们来递补。有如秋后的树木，落叶渐多，枝头渐空，全身都在秋风里，只有日渐凋零了。这一个过程是非常非常微妙的，好像一点痕迹都没有留下，然而它确实是存在的。

站在沟这一边的老人，往往有一些杞忧。过去老人喜欢说一些世风日下之类的话，其尤甚者甚至缅怀什么羲皇盛世。现在这种人比较少了，但是类似这样的感慨还是有的。我在这一方面似乎更特别敏感。最近几年，我曾数次访问日本。年纪大一点的日本朋友对于中国文化能够理解，能够欣赏，他们感谢中国文化带给日本的好处，感激之情，溢于言表。中国古代的诗词和书画，他们熟悉。他们身上有一股"老"味，让我们觉得很亲切。然而据日本朋友说，现在的年轻人可完全不是这个样子了。中国古代的那一套，他们全不懂，全不买账，他们喝咖啡，吃西餐，一切唯西方马首是瞻。同他们交往，他们身上有一股"新"味，这种"新"味使我觉得颇不舒服。我自己反复琢磨，中日交往垂二千年。到了近代，日本虽然进行了改革，成为世界上头号经济强国，但是在过去还多少有点共同语言。好像在一夜之间，忽然从地里涌出了一代"新人类"，同过去几乎完全割断了纽带联系。同这一群新人打交道，我简直手足无所措。这样下去，我们两国不是越来越疏远吗？为什么几千年没有变，而今天忽然变了呢？我冥思苦想，不得其解。

在中国，我也有这种杞忧。过去，当我站在沟的那一边的时候，我虽然也感到同沟这一边的老年人有点隔阂，但并不认为十分严重；然而到了今天，世界变化空前加速，真正是一天等于二十年，我来到了沟的这一边，顿时觉得沟那一边的年轻人也颇有"新人类"的味道。他们所作所为，很多我都觉得有点难以理解。男女自由恋爱，在封建时期是不允许的；在解放前允许了，但也多半不敢明目张胆。如果男女恋人之间接一个吻，恐怕也要秘密举行。然而今天呢，青年们在光天化日之下，大庭广众之间，公然拥抱接吻，坦然，泰然，甚至还有比这更露骨的举动，我看了确实感到吃惊，又觉得难以理解。我原来自认为脑筋还没有僵化，同九斤老太划清了界限。曾几何时，我也竟成了她的"同路人"，岂不大可异哉！又岂不大可哀哉！

不管从世界范围来看，还是从中国范围来看，代沟自古以来就存在的；任何国家，任何时代，都是不可避免的。然而，根据我个人的感觉，好像是"自古已然，于今为烈"，好像任何时候也没有今天这样明显。青年老年之间存在的好像已经不是沟，而是长江大河，其中波涛汹涌，难以逾越，我们两代人有点难以互相理解的势头了。为代沟而杞忧者自古就有，今天也决不乏人。我也是其中之一，而且还可能是"积极分子"。

说了上面这一些话以后，倘若有人要问："你对代沟抱什么态度呢？"答曰："坚决拥护，竭诚赞美！"

试想一想：如果没有代沟，青年人和老年人完全一模一样，人类的进步表现在什么地方呢？再往上回溯一下，如果在猴子中间没有代沟，所有的猴子都只能用四条腿在地上爬行，哪一只也决不允许站立起来，哪一只也决不允许使用工具劳动，某一类猴子如何能转变成人呢？从语言方面来讲，如果不允许青年们创造一些新词，我们的语言如何能进步呢？孔老头子说的话如果原封不动地保留到今天，这种情况你能想象吗？如果我们今天的报刊孔老夫子这位圣人都完全能懂，这是可能的吗？人类社会在不停地变化，世界新知识日新月异，如果不允许创造新词儿，那么，语言就不能表达新概念、新事物，语言就失去存在的意义了，这种情况是可取的吗？总之，代沟是不可避免的，而且是十分必要的。它标志着变化，它标志着进步，它标志着社会演化，它标志着人类前进。不管你是否愿意，它总是要存在的，过去存在，现在存在，将来也还要存在。

因此，我赞美代沟，用满腔热忱来赞美代沟。

1987年4月29日于上海华东师大

老少之间

　　在任何国家、任何时代的任何社会里，总都会有老年人和青少年人同时并存。从年龄上来说，这是社会的两极，中间是中年，这样一些不同年龄的阶层，共同形成了我们的社会，所谓芸芸众生者就是。

　　从社会方面来讲，这个模式是不变的，是固定的。但是，从每一个人来说，它却是不固定的，经常变动的。今天你是少年，转瞬就是中年。你如果不中途退席的话，前面还有一个老年阶段在等候着你。老年阶段以后呢？那谁都知道，用不着细说。

　　想要社会安定，就必须处理好这三个年龄阶段之间的关系，特别是社会两极的老年与少年的关系。现在人们有时候讲到"代沟"——我看这也是舶来品——有人说有，有人说无，我是承认有的。因为事实就是如此，是否认不掉的。而且从某种意义上来说，有"代沟"正标明社会在不断前进。

如果不前进，"沟"从何来？

承认有"代沟"，不就万事大吉。真要想保持社会的安定团结，还必须进一步对"沟"两边的具体情况加以分析。中年这一个中间阶段，我先不说，我只分析老少这两极。

一言以蔽之，这两极各有各的优缺点。老年人人生经历多，识多见广，这是优点。缺点往往是自以为是，执拗固执。动不动就是：我吃的盐比你吃的面还多，我走过的桥比你走过的路还长。个别人仕途失意，牢骚满腹："世人皆醉而我独醒，世人皆浊而我独清。"简直变成了九斤老太，唠唠叨叨，什么都是从前的好。结果惹得大家都不痛快。

我现在这里特别提出一个我个人观察到的老年人的缺点，就是喜欢说话，喜欢长篇发言。开一个会两小时，他先包办一半，甚至四分之三。别人不耐烦看表，他老眼昏花，不视不见，结果如何？一想便知。听说某大学有一位老教授。开会他一发言，有经验的人士就回家吃饭。酒足饭饱，回来看，老教授的发言还没有结束，仍然在那里"悬河泻水"哩。

因此，我对老年人有几句箴言：老年之人，血气已衰；煞车失灵，戒之在说。

至于年轻人，他们朝气蓬勃，进取心强。在他们眼前的道路上，仿佛铺满了玫瑰花。他们对任何事情都不畏缩，九天揽月，五洋捉鳖，易如反掌，唾手可得。这是一种非常可贵的精神，只能保护，不能挫伤。然而他们的缺点就正隐含在这种优点中。他们只看到玫瑰花的美，只闻到玫瑰花的香；他们却忘记了玫瑰花是带刺的，稍不留心，就会扎手。

那么，怎么办呢？我没有什么高招，我只有几句老生常谈：老年少年都要有自知之明，越多越好。老的不要"倚老卖老"，少的不要"倚少卖少"。后一句话是我杜撰出来的，我个人认为，这个杜撰是正确的。老少之间应当互相了解，理解，谅解。最重要的是谅解。有了这个谅解，我们社会的安定团结就有了保证。

1994年7月3日

老马识途

　　无论是在文章中，还是在口头上，"老马识途"是常常使用的一个典故。由于使用的频率颇高，因此而变成了一句俗语。

　　这个典故的出处是《韩非子·说林上》，与管仲和齐桓公有关。有一次，齐桓公伐孤竹，"春往冬反，迷惑失道。管仲曰：'老马之智可用也。'乃放老马而随之，遂得道"。不管历史事实怎样，老马的故事是绝对可信的。不但马能识途，连驴、骡、猫、狗等动物都有识途的本领或者本能。

　　但是，切不可迷信。

　　在古代，老马等之所以能够识途，因为它们老走同一条道路，而古代道路的变化很少，道路两旁的建筑物变化也不会大。久而久之，这些牲畜就记住了。只要把缰绳放开，让它们自由行动，它们必然能找到回家的道路。也许这些牲畜还有什么"特异功能"，我没有研究过，暂且不说。

　　但是，人类社会前进的速度越来越快，道路和建筑物的变化也越来越大。到了今天，简直一日数变。住在大城市里的人，三天不出门，再一出门，就有可能认不清街道。原来是一片空地，现在却像幻术一样，突然矗立在你的眼前的是一座摩天高楼。原来是一条羊肠小道，现在却突然变成了一条柏油马路。会晕头转向，这不必说了。即使老马一流的动物真有"特异功能"，也将无所用其技了。

　　我就有一个亲身的经验。有一天，我走出北大南门到黄庄邮局去，我在海淀已经住了将近半个世纪，是这里的一匹地地道道的老马。我也颇有自信，即使把我的眼蒙住，我也能够找回家来。然而，这一回我却出了丑，现了眼。我走了一条新路，一走出去，是一条大马路，车如流水马如龙。我一时傻了眼：这是什么地方呀？我的黄庄在哪里呀！我一时目眩口呆，只觉得天昏地转，大有白天"鬼挡墙"之感。我好不容易定了定神，猛抬头看到马路上驶过去的332路公共汽车，我才如梦方醒，终于安全地走回到了学校。

　　像我这样一匹老马，脑筋是"难得糊涂"的，眼耳都还能准确地使用；然而在距北大咫尺之地竟然栽了这样一个跟头，这个跟头在我心中摔出了一个"顿悟"。我悟到，千万不要再迷信老马识途，千万不要在任何方面，包括研究学问方面以老马自居。到了现在，我觉得倒是"小马识途"。因为年轻人无所蔽，无所惧，常常出门，什么摩天大楼，什么柏油马路，在他们眼中都很平常。

　　我们这些老马千万要向小马学习。

1997年5月9日

谈所谓"老龄化社会"

我觉得，"老龄化社会"这一个词儿像是一个舶来品。几十年前，我没有听说过。

谈论人的老龄化，不是一件坏事。在人类社会中，除了那些夭折和中年早逝者外，每个人都有一个老年。一般说来，人到了老年，血气已衰，行动不会像青少年那样矫健，有时会需要一点照顾，这是人之常情。如果从这个意义上谈论"老龄化"，不但未可厚非，而且符合中国尊老的美德。因此，最初在报章杂志上碰到"老龄化"这个词儿时，心里颇有点甜滋滋的感觉，因为，我自己早已就算是个老人了。

但是，随着时间的推移，这种谈论在报刊上出现的次数多了起来，而且给"老年"也下了定义：60岁以上就算是老年。我不知道，这个规定是从哪里来的？是不是国际上公认的？谈论的口气也严肃了起来。我曾读到一些报道，说某某城市到了多少年，"老龄人"达到全体居民的多少百分比，它就算是一个"老龄化城市"。虽然没有明说其后果，然而语气之中隐隐埋藏着一点"忧患意识"。也许因为自己是老年人，难免有点神经过敏。我隐约感觉到，社会已经把老年人视为一种包袱、一种负担。他们自己已不能生产、劳动，需要别人——当然是年轻人——来养活他们了。将来老年人越多，则问题越多。偏偏1949年以来，人均寿命已经增加了一倍多，看来将来还会提高。这就意味着，社会的包袱将会越来越重了。这岂不是一件非常危险的事情吗？

恕我愚陋，我不理解，这样喧嚷不休地大谈"老龄化社会"，究竟有什么意义？规定60岁为老年，在旧社会是可以的。然而，到了今天，专就我们搞人文社会科学的人来说，60岁正是黄金时期。读书多了，资料掌握也多了，正面和反面的经验和教训都已经有了，正是写作的最佳时刻。然而社会却突然告诉你：你已经"老"了！不中用了！成为社会的负担了！"老龄化"一个"化"字就把你打入另册。谈老色变，好像是谈艾滋病、环境污染、生态平衡破坏等威胁着人类生存前途的祸害一般，老龄人也威胁着人类的生存。

我真正不了解，谈论"老龄化"究竟想干什么？事实上，今天60岁以上的老年人还能干事、想干事、肯干事的大有人在。老在他们耳边聒噪什么"老龄""老龄"，搅得他们不得安宁，这对社会不利，对中青年人也不利。这不是一清二楚的吗？

我的话能代表一部分老人的心情。我说得可能有激烈的地方，请非老人原谅包涵。

1997年9月5日

养生无术是有术

黄伟经兄来信，为《羊城晚报·健与美副刊》向我索稿。他要我办的事，我一向是敬谨遵命的，这一次也不能例外。但是，健美双谈，我确有困难。我老态龙钟，与美无缘久矣，美是无从谈起了。至于健嘛，却是能谈一点的。

我年届耄耋，慢性病颇有一些。但是，我认为，这完全符合规律，从不介意。现在身躯顽健，十里八里，抬腿就到。每天仍工作七八个小时，论文每天也能写上几千字，毫不含糊。别人以此为怪，我却颇有点沾沾自喜。小友粟德金在 *China Daily* 上写文章，说我有点忘记了自己的年龄。他说到了点子上。我虽忘记了年龄，但却没有忘乎所以，胡作非为。我还是有点自知之明的。

在这样的情况下，很多人总要问我有什么养生之术，有什么秘诀。我的回答是：没有秘诀，也从来不追求什么秘诀。我有一个"三不主义"，这就是，不锻炼，不挑食，不嘀咕。

这需要解释一下。所谓"不锻炼",决不是一概反对体育锻炼。我只是反对那些"锻炼主义者"。对他们来说,天地,一锻炼也,人生,一锻炼也。我觉得,人生的意义与价值就在于工作。工作必须有健康的体魄,但更重要的是,必须有时间。如果大部分时间都用于体育锻炼。这有什么意义呢?至于"不挑食",那容易了解。不管哪一国的食品,只要合我的口味,我张嘴便吃。什么胆固醇,什么高脂肪,统统见鬼去吧。有些吃东西左挑右拣,战战兢兢,吃鸡蛋不吃黄,吃肉不吃内脏的人,结果胆固醇反而越来越高。我的胆固醇从来没有高过,人皆以为怪,其实有什么可怪呢?至于"不嘀咕",上面讲的那些话里面实际上已经涉及了。我从来不为自己的健康而愁眉苦脸。有的人无病装病,有的人无病幻想自己有病。我看了十分感到别扭,感到腻味。

我是陶渊明的信徒。他的四句诗:

纵浪大化中

不喜亦不惧

应尽便须尽

无复独多虑

这就是我的座右铭。

我这一篇短文的题目是:养生无术是有术。初看时恐怕有点难解。现在短文结束了,再回头看这个题目,不是一清二楚了吗?至少我希望是这样。

1993年11月26日

长生不老

　　长生不老，过去中国历史上，颇有一些人追求这个境界。那些炼丹服食的老道不就是想"丹成入九天"吗？结果却是"服食求神仙，多为药所误"，最终还是翘了辫子。

　　最积极的应该数那些皇帝老爷子。他们骑在人民头上，作威作福，后宫里还有佳丽三千，他们能舍得离开这个世界吗？于是千方百计，寻求长生不老之术。最著名的有秦皇、汉武、唐宗、宋祖——这后一位情况不明，为了凑韵，把他拉上了，最后都是宫车晚出，龙驭上宾了。

　　我常想，现代人大概不会再相信长生不老了。然而，前几天阅报说，有的科学家正在致力于长生不老的研究。我心中立刻一闪念：假如我晚生80年，现在年龄9岁，说不定还能赶上科学家们研究成功，我能分享一份。但我立刻又一闪念，觉得自己十分可笑。自己不是标榜豁达吗？"应尽便须尽，无复独多虑。"原来那是自欺欺人。老百姓说"好死不如赖活着"，我自己也属于"赖"字派。

我有时候认为，造化小儿创造出人类来，实在是多此一举。如果没有人类，世界要比现在安静祥和得多了。可造化小儿也立了一功：他不让人长生不老。否则，如果人人都长生不老，我们今天会同孔老夫子坐在一条板凳上，在长安大戏院里欣赏全本的《四郎探母》，那是多么可笑而不可思议的情景啊！我继而又一想，如果五千年来人人都不死，小小的地球上早就承担不了了。所以我们又应该感谢造化小儿。

在对待生命问题上，中国人与印度人迥乎不同。中国人希望转生，连唐明皇和杨贵妃不也是希望"生生世世为夫妻"吗？印度人则在笃信轮回转生之余，努力寻求跳出轮回的办法。以佛教而论，小乘终身苦修，目的是想达到涅槃。大乘顿悟成佛，目的也无非是想达到涅槃。涅槃者，圆融清静之谓，这个字的原意就是"终止"，终止者，跳出轮回不再转生也。中印两国人民的心态，在对待生死大事方面，是完全不同的。

据我个人的看法，人一死就是涅槃，不用你苦苦去追求。那种追求是"可怜无补费工夫"。在亿万年地球存在的期间，一个人只能有一次生命。这一次生命是万分难得的。我们每一个人都必须认识到这一点，切不可掉以轻心。尽管人的寿夭不同，这是人们自己无能为力的。不管寿长寿短，都要尽力实现这仅有的一次生命的价值。多体会民胞物与的意义，使人类和动植物都能在仅有的一生中过得愉快，过得幸福，过得美满，过得祥和。

2000年10月7日凌晨一挥而就

漫谈"再少"问题

——向普天下老年人祝贺春节

宋代大文学家苏东坡有一首词《浣溪沙》，东坡自述写作来由：游蕲水清泉寺，寺临兰溪，溪水西流。

山下兰芽短浸溪，松间沙路净无泥，萧萧暮雨子规啼。 谁道人生无再少？门前流水尚能西！休将白发唱黄鸡。

我生平涉猎颇广；但是，"再少"这个词儿或者概念，在东坡以前的文献中，却从来没有见到过。这个词儿或这个概念，东坡应该说是首创者。

再少的现象，不能在年龄上，也就是时间上来体现。因为年龄和时间，一旦逝去，就永远逝去。要它回转一秒半秒，也是决不可能的。

再少的现象或者希望，只能体现在心理状态方面。我们平常的说法是自六十岁起算是老年。一个人的血肉之躯，母亲生下来以后，经过了六十年的风吹雨打，难免受些伤害；行动迟缓了，思维不敏锐了，耳朵和眼睛都不太灵便了，走路也有困难了，如此等等，不一而足。首先，我们必须承认这些客观现象，努力适应这些客观现象。不承认不努力适应是不行的。

但是，承认和适应并不等于屈服。这里就能用上我们常说的主观能动性。主观能动性这种现象，有时候看起来，作用不大。其实，如果运用得当，则能发挥出极大的力量。中国古人说"精诚所至，金石为开"，指的就是这种现象。

对于苏东坡所说的"再少"应该这样来理解。

总之，我是相信"再少"的。愿与全国老年人共勉之。

2006年1月21日，时年九十有五

第五辑　希望在你们身上

新年述怀

记得自己小的时候，总嫌日子过得太慢，总盼着日头和月亮飞得快一点，好尽快地过新年，吃点好东西，热闹一番。一转瞬间，自己已届古稀之年。现在总嫌日子过得太快，总恨没有办法把日头和月亮拖住，不让它们向前再走，新年对我一点诱惑力都没有了。

但是，对于今年的新年，我还是充满了热切的希望的，希望好好地过它一过。

难道说我返老还童了吗？可以说是的，也可以说不是。我年逾花甲，也已过了十年，但是从无老的感觉。可是从今年年初起，也许是"古稀"这两个字对我起了无形的作用，我觉得自己确实是渐渐地老起来了。

觉得自己老也不一定是坏事情。越觉得自己老，就越寄希望于青年；越寄希望于青年，就对青年越有感情。新陈代谢，自然规律。这一点我早已参透，对自己思想感情没有一点影响，可以说是无动于衷。对青年的感情却是真切实在的。

我自己一生几乎都在北京大学工作。但在过去的三十几年中，对青年不能说一点感情都没有，但感情总不够深切。原因大概就是自己还没有老，就感觉不到青年之可贵与可爱。今天情况完全不同。我一看到青年，就会想到：世界是他们的，未来是他们的，将来的一切伟大光荣的担子都会加到他们身上。他们浑身洋溢着青春活力，就像那东升的旭日、初绽的鲜花。想到这一些，连我自己仿佛也年轻了起来。

尽管人类有时候也做一些不聪明的事情，但是对于人类前途，我还是充满了信心的：将来会胜于现在，青年总会胜于老年。人类的前途无限光辉灿烂。

就为了这一个缘故，我对今年的新年也充满了殷切的期望。我在这里向全校的青年同学，中、老年教师职工祝贺新年。祝愿我们在新的一年内共同进步，自强不息，使我们对着人类最高理想大同之域更向前走上一步。

1981年12月18日

梦游 21 世纪

21 世纪就在眼前，不久我们就能够亲身莅临，何劳梦游，但是，我们眼前还毕竟是处在 20 世纪中，要谈 21 世纪，只能梦游了。

21 世纪究竟是个什么样子呢？我不相信 20 世纪的最后一天和 21 世纪的最初一天会有什么区别。早晨，太阳照样从东方出来；晚上，太阳照样在西方落下，一切几乎都一模一样。

但是，我认为，既然是 21 世纪，必然有其特点，不过，这个特点决不会一下子就显露出来的，这是一个缓慢的逐渐显露的过程。在这个世纪的初叶，只能渐露端倪，到了 2050 年左右，它已如日中天，整个特点都会毫无保留地显露出来了。

对于那一些特点，我现在只能做梦。

我梦到，近几百年以来，西方的科学技术给人民，全世界人民带来了空前的幸福；但是，其基础是"征服自然"，与自然为敌，因而受到了大自然的惩罚，产生了许多弊端，比如大气污染、环境污染、生态平衡、物种灭绝，如此等等，不一而足。切盼到了 21 世纪能有所改变，能改恶向善。要想做到这一点，必须以东方"天人合一"的思想，济西方思想之穷，也就是说，人类必须同大自然为友，双方互相了解，增强友谊，然后再伸手向大自然要衣，要食，要住，要行。只有这样，人类才能避免现在面临的这一些灾难。

我梦到，我们的国家继续安定团结，繁荣昌盛下去。政府中减少了官气，社会上杜绝了假冒伪劣。人民的伦理道德水平提高，人文素质教育加强。五十六个民族团结得像一个人。南方不再洪水泛滥，北方没有森林火灾。天比现在蓝，水比现在清，一片祥和气象。

我梦到，在每一个家庭里，父慈子孝，兄友弟恭，夫妻相敬相爱，相忍相让。像眼前这样的一些青年对恋爱和婚姻的轻率态度，再也看不到了。对待爱情坚贞真实，谁也不做露水夫妻，把离婚当作家常便饭。原本温馨的家庭更温馨了，原本不温馨的家庭变得逐渐温馨起来。在任何时代，人生都是一场搏斗，搏斗就难免惊涛骇浪。在这样的浪涛中，有胜利者，当然也有失败者。在整个社会中，家庭对这样的浪涛来说，就是一个安全的避风港。胜利者回到这个避风港中，在温馨的气氛中，细细品味这胜利的甜蜜；失败者回到这个避风港中，追忆和分析失败的教训，家庭的温馨会增强他的斗志。回忆之余，奋然而起，他又有了足够的勇气和力量，再回到社会中，继续拼搏，勇往直前，必须胜利在握而后止。家庭的作用大矣哉！

我梦到，个人也有了新的变化和起色。对世界来说，他是一个世界公民。对国家来说，他是一个国家公民。对社会来说，他是其中的一分子。他应当在道德方面不断修养和锻炼，能做到苟日新，又日新，日日新，成为一个有用的人，成为一个正直的人。对世界，对国家和社会，对家庭都能尽上应尽的责任。他决不应当像杨花柳絮一样，虽然一时能飞满春城，但是随风飘荡，毫无自主能力，到头来，虽然给骚人墨客增添一些灵感，写出了美妙绝伦的诗词，自己最终却落到泥土地上，化为尘埃，消逝得无影无踪。

我想做和能做的梦还有很多很多，今天就先做这一些，至于能否成为现实，那就不能由我来决定，这要由每一个人自己决定，一方面要奋发图强，另一方面还必须靠点机遇，两者缺一不可。不管怎么样，我的梦是异常美妙的。我切盼，到了21世纪某一个时刻，我的梦能够完全实现，喜气盈大地，春色满寰中，全世界人民共庆升平。

1999年10月23日

千禧感言

　　稚珊来信，要我写一篇关于世纪转换的文章。这样的要求，最近一个时期以来，我已经接到过不知多少次了，电台、报纸、杂志等等，都曾对我提出过这样的要求。但是，我都一一谢绝了。原因不是由于这样的文章难写，恰恰相反，这样的太容易写，只须写上几句大话和套话，再加上几句假话，不费吹灰之力，一篇文章就完成了。这样的文章，除了浪费纸张和人们的时间以外，一点效果也不会有。

　　但是，稚珊的要求我没加考虑就立即应允了。原因是，《群言》是一份比较敢讲一点真话的杂志，而我又与《群言》有多年的友谊。为《群言》写点什么，是我的光荣，也是我的义务。我也想通过我写的东西多少能够反映出像我这样平民老百姓的心声，对我们的领导机关会有益处的。我写的东西，不会有套话、大话，至于真话是否全都讲了出来，那倒不敢说。我只能保证，我讲的全是真话。

旧日每逢新年，总有贴新门联的习惯，门联辞藻美而丰富，最常用的是"一元复始，万象更新"。对仗工整，含义深刻。但是，汉语是一种模糊性很强的语言，我们使用这种语言的人，往往习以为常，不去推敲。即如上面这两句话，说的是具体情况呢，还仅仅是希望？我个人的语感是，这仅仅是希望。一元虽已复始，眼前万象还未必就能更新。我现在要说：世纪——甚至千纪——复始，万象更新，也绝不是说，2000年的第一天同1999年的最后一天，其间会有天大的变化。就以常识而论，那也是绝不可能的，这不过是表示我的愿望而已。21世纪的特点是一定出现的，不过决不会一蹴而就。

我对21世纪究竟有什么希望呢？

先从大的讲起。首先，我希望世界和平，民族团结。但是，我自己立即否定了这个希望，这是根本办不到的。眼前的世界大国，特别是那一个唯一的超级大国，一点也没有接受20世纪两次世界大战的惨痛教训，仍然自我感觉十分良好，颐指气使，横行霸道，以世界警察自居。我希望，我们中国人民不要为巧言花语所迷惑，奋发图强，加强团结，随时保留一点忧患意识，准备对付一切可能发生的外来的侵略，保卫我们的祖国。

其次是对我们国家的希望。改革开放确实给我们国家带来了翻天覆地的变化，经济繁荣，政局安定，人民生活有了提高。总起来看，确有一个安定团结的局面。但这仅仅是一面，也不是没有令人担忧的一面。我不懂经济；但是我从《参考消息》上看到一则外国评论中国经济的报道，其中讲到中国国有经济在某一些方面给中国带来了一些麻烦，详情我不清楚，不敢妄加评论。但是，《参考消息》敢于刊登，其中必有依据，我们的最高领导班子对这个问题是十分清楚的，也正在采取措施。我希望这个问题能够尽早地尽善尽美地得到解决。

从人类生存的前途来看，多少年来，我就提出了一个看法：西方自产业革命以后，恶性膨胀逐渐形成的对大自然诛求无餍的要求，也就是所谓"征服自然"的做法，现在已经产生了严重的后果。现在全世界各国政府都对环保问题异常重视。但是，却没有什么人追究造成这种现象的根源。我认为，这是一种缺少远见卓识的表现。我一向主张，中国的，同时也是东方的"天人合一"的思想，也就是人类要与大自然为友，不要为敌的思想，能济西方思想之穷。我这种想法，反对的人有，赞成的人也有。我则深信不疑。我希望，21世纪走到某一个阶段时，人类文化会在融合的基础上突出东方文化的作用，明辨而又笃行之。

还有一件让我忧心忡忡的事，这就是中国公民中某一些人素质不高，道德滑坡的现象。谁也无法否认，中华民族是一个伟大的民族。但是，在伟大的后面也确有不够伟大的地方，对此熟视无睹是有害无益的。例子用不着多举，我只举一个随地吐痰的坏习惯。这样做是一切文明国家所没有的，然而在中国却是司空见惯，屡禁不止。前不久，中国庆祝建国五十年的喜事，北京市政府和各界人士，费了九牛二虎之力，把北京打扮得花团锦簇，净无纤尘，谁看了谁爱。然而，曾几何时，国庆后不到一个月，许多地方又故态复萌，花坛和草地遭到破坏践踏，烟头随处乱丢，随地吐痰也不稀见。还有一些破坏公共设施的现象，连风光旖旎的燕园内也不例外。这种破坏对肇事者本人一点好处也没有，对群众则带了莫大的不方便。我真不了解，这些人是何居心。这样的人，如果只有几个，则世界任何文明国家都难以避免。可惜竟不是这样子，看来人数并不太少。这一批害群之马，实在配不上是伟大民族的一部分。救之方法何在？我觉得，过去主要靠说教，事实证明，用处不大。我认为，必须加以严惩。捉到你一次，罚得你长久不能翻身。只有这样才能奏效，新加坡就是一个例子。在此万象更新之际，我希望在21世纪某一个时候，这种现象能够绝迹，至少是能够减少。伟大的中华民族真正能显出伟大的本色，岂不猗欤休哉！

　　我在 20 世纪，有"世纪老人"之称。到了 21 世纪，绝不可能再成为"世纪老人"了。但是，我对 21 世纪却不知道有多少希望，凡是 20 世纪没有能够做到的事情，我都寄希望于 21 世纪。希望太多，只能举出上面说到的几个，以概其余。在世纪之初，本来是应该多说一些吉利话的。但是，我在上面已经声明过，我不说大话，不说假话。我认为，那样做，既对不起《群言》，也对不起全国人民。其实我说的话，不管听起来多么不顺耳，里面却有大吉大利的内涵。如果把那些弊端除掉，不就是大吉大利了吗？我真希望，大吉大利能降临我国；我真希望，国泰民安；我真希望，人民的素质越来越提高；我真希望，人民越过越幸福；我真希望，我国能成为一个名副其实的经济文化大国，巍然立于全世界民族之林中。

　　　　　　　　　　　　　　　　　　　　　　　　　1999年11月1日

迎新怀旧

——21 世纪第一个元旦感怀

我可真正是万万也没有想到，我能够活到八十九岁，迎接一个新世纪和新千年的来临。

我经常说到，我是幼无大志的人。其实我老也无大志，那种"大丈夫当如是也"的豪言壮语，我觉得，只有不世出的英雄才能说出。但是，历史的记载是否可靠，我也怀疑。刘邦和朱元璋等地痞流氓，一无所有，从而一无所惧，运气好成了皇上。一批帮闲的书生极尽拍马之能事，连这一批流氓的并不漂亮的长相也成了神奇的东西，在这些书生笔下猛吹不已。他们年轻时未必有这样的豪言壮语，书生也臆造出来，以达到吹拍的目的。

这话扯远了，还是谈我自己吧。我的"无大志"表现在各个方面，在年龄方面也有表现。我的父母都只活四十岁多一点。我自己想，我决超过父母的，能活到五十岁，我就应该满足了。记得大概是在 50 年代，我四十多岁的时候，忽发奇想，想到我能否看到一个新世纪。我计算了一下，我必须活到八十九岁，才能做到。八十九岁，对当时的我来说，简直是一个天文数字，古今中外的文人，有几个能活到这个岁数的？这简直像是蓬莱三山，烟波渺茫，可望而不可即。

然而曾几何时，知命之年，倏尔而逝；耳顺之年，也没有留下什么痕迹，连古稀之年也没能让我有古稀的感觉。物换星移，岁月流逝，我却懵懵然，木木然，没有一点感觉。"高堂明镜悲白发"，我很少揽镜自照，头发变白自己是感觉不到的。只有在校园中偶尔遇到一位熟人，几年不见，发已半白，心里蓦地震颤了一下。被人称呼，从"老季"变成了"季老"，最初觉得有点刺耳。此外则一切平平常常，平平常常，弹指一瞬间，自己竟然活到了八十九岁，迎接了新世纪和新千年，当年认为无法想象的，绝对办不到的，当年的蓬莱三山，"今朝都到眼前来"了。岂不大可喜哉！然而又岂不大可惊哉！

记得有两句诗："凡所难求皆绝好，及能如愿便平常。"我现在深深地认识到在朴素语言中蕴含的真理。我现在确实如愿了。但是心情平常到连平常的感觉都没有了。现在是 2000 年 1 月 1 日，同 1999 年的 12 月 31 日，除了多了一天以外，决没有任何不同的地方。早晨太阳从东方升起，到了晚上，仍然会在西方落下。环顾我的房间，依然是插架盈室，书籍盈架。窗台上的那几盆花草依然绿叶葳蕤，春意盎然。窗外是严冬。荷塘里只剩下了残荷的枯枝，在寒风中抖动。冰下水中鱼儿们是在游泳？还是在睡眠？我不得而知。埋在淤泥中莲藕是在蔓延？还是在冬眠？我也不得而知。荷花如果能做梦的话，我想，它们会梦到春天，坚冰融化，春水溶溶，它们又能长出尖尖的角，笑傲春风了。

荷花是不会知道什么 20 世纪 21 世纪的。大千世界的一切动植物都不知道。它们仅仅知道日和夜以及季节的变换这些自然界的现象。只有天之骄子人类才有本领耍出一些新花样，自己耍出来以后，自己又顶礼膜拜，深信不疑，神仙皇帝就属于这一类。世纪和千年也属于这一类。就拿昨天才结束的20世纪的世纪末来说，明明是自己制造出来的东西，却似乎有了无限的神力。多少年来，世界各国不知有多少聪明睿智之士，大谈其他们自己制造出来的世纪末问题，又是总结20世纪的经验教训，又是侈谈21世纪的这个那个，喧哗纷争，煞是热闹；人各自是其是而非他人之是。一时文坛、学坛，还有什么坛，议论蜂起，杀声震天。倘若在高天上某一个地方真有一位造物主的话，他下视人寰，看到一群小动物角斗，恐怕会莞尔而笑吧。

我自己不比任何人聪明，我也参加到这一系列的纷争里来。我谈的主要是义化问题，20世纪和21世纪东西文化的关系问题。我认为，20世纪是全部人类历史上发展最快的一个世纪。在这个世纪以前西方发生的产业革命大大地解放了生产力，二百多年内，给人类创造了巨大的财富和福利，全世界人民皆受其惠。但这只是事情的一个方面。另一个方面则是并不美好的，由于西方人以"征服自然"为鹄的，对大自然诛求无餍，结果遭到了大自然的报复和惩罚，产生了许多弊端和祸害。这些弊端和灾害彰彰在人耳目，用不着我再来细数。现在世界上几乎所有的政府和人民团体都在高呼"环保"，又是宣传，又是开会，一时甚嚣尘上。奇怪的是，竟无一人提到环保问题产生的根源。为什么欧洲的中世纪和中国的汉唐时代，从来没有什么环保问题呢？这情况难道还不值得人们深思吗？

我自己把环保问题同20世纪和21世纪挂上了钩，同东西文化挂上了钩。同时我又常常举一个民间流传的近视眼猜匾的笑话，说21世纪这一块匾还没有挂了出来，我们现在乱猜匾上的大字，无疑都是近视眼。能吹嘘看到了匾上的字的人，是狡猾者，是事前向主事人打听好了的。但是这种狡猾行动，对匾是可以的，对21世纪则是行不通的。难道谁有能耐到上帝那里去打听吗？我主张在 21 世纪东方天人合一的思想——这是东方文化的精华——能帮助人们解决环保问题。我似乎已经看到了还没有挂出来的匾上的字。不是我从上帝那里打听来的，是我根据自己的观察和思考得出来的，我是我自己的上帝。

昨天夜里，猛然醒来，开灯一看，时针正指十二点，不差一分钟。我心里一愣：我现在已是 21 世纪的人了。未多介意，关灯又睡。早晨七点，乘车到中华世纪坛去，同另外九个科学界闻人，代表学术界十个分支，另外配上了十个儿童，共同撞新铸成的世纪钟王二十一响，象征科学繁荣。钟声深沉洪亮，在北京上空回荡。这时，我的心蓦地一阵颤动，"二十一世纪"五个大字沉重地压在我的心头，真正感觉"往事越千年"，我自己昨天还是 20 世纪的"世纪老人"，而今一转瞬间，我已成为 21 世纪的"新人"了。

在这关键的时刻，我过去很多年热心议论的一些问题，什么东西方文化，什么环保，什么天人合一，什么分析的思维模式和综合的思维模式等等，都从我心中隐去。过去侈谈 21 世纪，等到 21 世纪真正来到了眼前，心中却是一个大空虚。中国古书上那个叶公好龙的故事是很有启发意义的。

然而，我心中也并不是完全的真正的空虚，我想到了我自己。我现在确确实实是八十九岁了。这是古今中外都艳羡的一个年龄。我竟于无意中得之，不亦快哉！连我这个少无大志老也无大志的人都不得不感到踌躇满志了。但是，我脑海里立即出现了一个问题：活大年纪究竟是好事呢？还是坏事？这问题还真不易答复。爱活着是人之常情，连中国老百姓都说："好死不如赖活着。"我焉能例外！但是，活得太久了，人事纷纭，应对劳神。人世间的一些魑魅魍魉的现象，看多了也让人心烦。德国大诗人歌德晚年渴望休息（ruhen）的名诗，正表现了这种心情。我有时候也真想休息了。中国古代诗文中有不少鼓励老年人的话，比如"老骥伏枥，志在千里。烈士暮年，壮心不已"。又如"天意怜幽草，人间重晚晴"。又如"余霞尚满天"，等等。读起来也颇让老人振奋。但是，仔细于字里行间推敲一下，便不难发现，这些诗句实际上是为老人打气的，给老人以安慰的，信以为真，便会上当。

那么，老年人就全该死了吗？也不是的。人老了，识多见广，正反两面的经验教训都非常丰富，这些东西对我们国家还是有用处的，只要不倚老卖老，不倚老吃老，人类社会还是需要老人的。佛经里面有一个《弃老国缘》的故事，说的就是这一番道理。在现在的中国，在21世纪的中国，活着无疑还是一种乐事。我常常说：人们吃饭为了活着，但活着不是为了吃饭。这是我的最根本的信条之一。我也身体力行。我现在仍然是黎明即起，兀兀穷年，不求有惊人之举，但求无愧于心，无愧于吃下去的饭。

在北京大学校内，老教授有一大批。比我这个八十九岁的老人更老的人，还有十几位。如果在往八宝山去的路上按年龄顺序排一个队的话，我决不在前几名。我曾说过，我决不会在这个队伍中抢先夹塞，我决心鱼贯而前，轮到我的时候，我说不定还会溜号躲开。从后面挤进比我年轻的队伍中。

多少年来，我成了陶渊明的信徒。他的那一首诗：

纵浪大化中，不喜亦不惧。
应尽便须尽，无复独多虑。

我感到，我现在大体上能够做到了，对生死之事，我确实没有多虑。关键在一个"应"字，这个"应"字由谁来掌管，由谁来决定呢？我不能知道，反正不由我自己来决定。既然不由我自己来决定，那么——由它去吧。

2000年1月1—3日

新世纪新千年寄语

人们往往有这样的经验：过去带来惆怅，现在带来迷惘，未来带来希望。

现在，一个新世纪、新千年就要来到我们眼前了。这正是人们让幻想驰骋对未来提出希望的最佳时刻。

在我国报刊、杂志上，在开会的发言中，人们确实已经提出了五花八门的希望。我想，全世界恐怕也是这个样子吧。许多政治家、文学家、艺术家、学者、商业界的大款等都提出了自己的希望：希望政治如何如何，希望经济如何如何，希望文学如何如何，希望学术如何如何，希望人文素质如何如何，让人眼花缭乱，煞是热闹。然而独独没有人，至少是很少有人提出如何处理好人与大自然的关系问题，而我个人认为，这才是未来的关键。

恩格斯在《自然辩证法》中说："我们不能过分陶醉于我们对自然界的胜利，对于每一次这样的胜利，自然界都报复了我们。"恩格斯真不愧是马克思主义奠基人之一。在一百多年以前，当时自然界对人类的报复还不太显著，或者只能说是初露端倪；可是伟大的恩格斯已经注意到了，而且给世人敲响了警钟。对这样天才的预见和警告，我们能不五体投地地赞佩吗？

眼前世界的形势已经充分证明了恩格斯预见之伟大与睿智。许多自然界的和人类社会的现象已经充分证明了自然界正在日益强烈地对我们人类进行着报复，稍有头脑的人都能看到，例子是不胜枚举的。

然而我们的反应怎样呢？除了少数有识之士外，大多数人，包括一些国家的领导人在内还在懵懵懂懂，驰骋于蜗角，搏斗于蚁冢。美国在演着总统选举的闹剧，中东在演着巴以冲突的悲剧，全球狼烟四起，板荡混乱，如果真有一个造物主的话——我不相信真有——他站在宇宙某一个地方，俯视地球村里的几台大戏正在演得红红火火，难道他不会像我们人类一样，看到地上的蚁群厮杀，积尸满地，流血——蚂蚁不知有血没有？——成沟，不禁莞尔而笑吗？

我虔诚希望，我们人类要同大自然成为朋友，不要再视它为敌人，成了朋友以后，再伸手向它要衣，要食，要一切我们需要的东西。

这就是我的新千年寄语。

2000年12月11日

狗年元旦抒怀

鸡年退位，狗年登场。

天增岁月人增寿，春满乾坤福满门。第一句话是没有错的。天和人确实都增了寿。

寿，在中国是一个非常吉祥的词儿。有什么人不喜欢增寿呢？过去，我也是这个意见。但是，宛如电光石火一般，九十五岁之年倏然而至。现在再听到增寿这样的词句，别有一番滋味在心头。我现在已是百岁老人，离开生命的极限，还有多长多远，我自己实在说不清楚，反正是不会太远了。现在再说增寿一年，就等于说，向生命的极限走近了一年，这个道理不是一清二楚吗？

然而，我并不悲观。有寿可增，总是好事，我现在最感到幸福、感到兴奋的是，我有幸活在当前的中国。自从五十多年前所谓解放以来，第一阵兴奋波一过，立即陷入苦恼和灾难中，什么事情都要搞运动。什么叫运动呢？就是让一部分人（老知识分子除外）为所欲为，丢掉法律和道德，强凌弱，众暴寡。对于这种情况，我不是空口说白话，我有现身的经历。因此，全国人民对今天的中国都感到幸福，而我这个过来人更特别感到幸福。国家领导人从来不搞大轰大嗡，而是不声不响地为全国人民做实际需要的工作，全国人民如处春风化雨中。

我写这篇短文的心情，就是春风化雨。

今天是狗年元旦。这个元旦同其他年的元旦是大同小异。但是，对我来说，却还有不同的意义。今年是我回国六十周年纪念，是我参加北京大学工作六十周年纪念，是我创办东方语言文学系六十周年纪念。虽然说了三项六十周年；在时间上只有一个六十周年。这个六十周年一过，我已经走到了九十五岁了，而且还要走上前去，一直走到不能再走的时候。

年轻时候，读过胡适之先生的一首诗：

略有几根白发，

心情微近中年。

既成过河卒子，

只有奋勇向前。

我不理解，适之先生的"过河卒子"从何而来。因此也没有过河卒子的感觉。但是，不管你是不是过河卒子，反正你必须奋勇向前。

2006年1月1日于三〇一医院

温馨，家庭不可或缺的气氛

　　大千世界，芸芸众生，除了看破红尘出家当和尚的以外，每一个人都会有一个家。一提到家，人们会不由自主地漾起一点温暖之意，一丝幸福之感。

　　不这样也是不可能的。不管是单职工还是双职工，白天在政府机构、学校、公司、工厂、商店等五花八门的场所工作劳动；不管是脑力劳动，还是体力劳动，都会付出巨大的力量，应付错综复杂的局面，会见性格各异的人物，有时会弄得筋疲力尽。有道是："不如意事常八九。"哪里事事都会让你称心如意呢？到了下班以后，有如倦鸟还巢一般，带着一身疲惫，满怀喜悦，回到自己家里。这是一个真正的安身立命之处，在这里人们主要祈求的就是温馨。有父母的，向老人问寒问暖，老少都感到温馨；有子女的，同孩子谈上几句，亲子都感到温馨；夫妻说上几句悄悄话，男女都感到温馨。当是时也，白天一天操劳身心两方面的倦意，间或有心中的愤懑，工作中或竞争中偶尔的挫折，在处理事务中或人际关系中碰的一点小钉子，如此等等，都会烟消云散，代之而兴的是融融的愉悦。总之，感到的是不能用任何语言表达的温馨。

你还可以便装野服，落拓形迹。白天在外面有时不得不戴着的假面具，完全可以甩掉。有时不得不装腔作势，以求得能适应应对进退的所谓礼貌，也统统可以丢开，还你一个本来面目，圆通无碍，纯然真我。天下之乐宁有过于此者乎？所有这一切都来自家庭中真正的温馨。

但是，是不是每一个家庭都是温馨天成、唾手可得呢？不，不，决不是的。家庭中虽有夫妻关系、亲子关系、血缘关系，但是，所有这一些关系，都不能保证温馨气氛必然出现。俗话说，锅碗瓢盆都会相撞。每个人的脾气不一样，爱好不一样，习惯不一样，信念不一样，而且人是活人，喜怒哀乐，时有突变的情况，情绪也有不稳定的时候，特别是在自己的亲人面前，更容易表露出来。有时候为一点芝麻绿豆大的小事，也会意见相左，处理不得法，也能产生龃龉。天天耳鬓厮磨，谁也不敢保证这种情况不会发生。

那么，我们应当怎么办呢？就我个人来看，处理这样清官难断的家务事，说难极难，说不难也颇易。只要能做到"真""忍"二字，虽不中，不远矣。"真"者，真情也；"忍"者，容忍也。我归纳成了几句顺口溜：相互恩爱，相互诚恳，相互理解，相互容忍，出以真情，不杂私心，家庭和睦，其乐无垠。

有人可能不理解，我为什么把容忍强调到这样的高度。要知道，容忍是中华美德之一。我们的往圣先贤，大都教导我们要容忍。民间谚语中，也有不少容忍的内容，教人忍让。有的说法，看似消极，实有积极意义，比如"忍辱负重"，韩信就是一个有名的例子。《唐书》记载，张公艺九世同居，唐高宗问他睦族之道，公艺提笔写了一百多个"忍"字递给皇帝。从那以后，姓张的多自命为"百忍家声"。佛家也十分强调忍辱之要义，经中有很多忍辱仙人的故事。常言道："小不忍则乱大谋。"在家庭中则是"小不忍则乱家庭"。夫妻、父母、子女之间，有时难免有不同的意见，如果一方发点小脾气，你让他（她）一下，风暴便可平息。等到他（她）心态平衡以后，自己会认错的。此时，如果你也不冷静，火冒三丈，轻则动嘴，重则动手，最终可能告到法庭，宣判离婚，岂不大可哀哉！父母兄弟姊妹之间，也有同样的情况。结果，一个好端端的家庭，会弄得分崩离析。这轻则会影响你暂时的情绪，重则影响你的生命前途。难道我这是危言耸听吗？

总之，温馨是家庭不可或缺的气氛，而温馨则是需要培养的。培养之道，不出两端，一真一忍而已。

1998年10月23日

希望 21 世纪家庭更美好

家庭是组成社会的细胞，集无数细胞而成社会。家庭安则社会安；家庭不安，则社会必然动荡。这个道理明白易懂。

人类不是一开始就有家庭的，人类社会进步到某一个阶段而家庭出。在中国几千年的历史上，崇尚大家庭成风。四世同堂为一般人所艳羡，这通常指的是直系亲属。不是直系亲属而属于同一曾祖，或甚至祖父的叔伯兄弟，也往往集聚一个大家庭中。读一读《红楼梦》，这情况立即具体生动地展现在眼前。宁荣二府，以贾母为首的正头主子不过几十人，然而却楼台殿阁，千门万户，男仆如云，使女如雨，天天过着花天酒地的日子，享尽了人间荣华富贵。表面上看起来，繁荣兴盛，轰轰烈烈。然而，在内部却是钩心斗角，笑里藏刀，互相蒙骗，互相倾轧，除了宝玉一人外，大概没有人过得真正称心如意的。

《红楼梦》时代渺矣，遥矣。就在解放前，我还在济南见到一些聚族而居的大家庭。规模虽然不能像贾府那样大，但是，几个院子，几十口人，几十间房子总是有的。聚居的人，不是大爷，就是二婶，然而境遇却绝对不同。有的摆小摊，有的当县长，有的无所事事，天天鬼混。他们之间，恩恩怨怨，搅成一团。所谓"清官难断家务事"者，即此是也。

1949年以来，由于社会的变化，这样的大家庭几乎全已失踪。家庭越变越小，儿女结婚后与父母同住者，也已少见。最典型的家庭是一夫一妻，再加上一个小孩。由于双职工多，生了小孩，没人照管，于是就请来男的母亲或女的母亲，住在一起，照管小孩，这样就产生了一个新名词儿"社会主义老太太"。

依我的推断，到了21世纪，这样的家庭还会继续下去。我不希望看到目前间或有的不办结婚登记手续而任意同居的家庭，这样的家庭是由"露水夫妻"组合成的，说聚就聚，说散就散，这不利于社会的安定团结。像美国那样的同性恋的"家庭"，中国目前似乎还没有，我在将来也不希望看到。这样的超时髦的玩意儿，还是没有的好。

一个人不可能没有一点缺点，也不可能不犯一点错误。只要到不了触犯刑律的程度，夫妻间就应该互相理解，互相原谅。相互理解是夫妻间最重要的行为。在热恋阶段往往看不到对方的缺点，俗话说："情人眼中出西施。"一旦结婚，往往就会应了我们常说的两句话："凡所难求皆绝好，及能如愿便平常。"西人说："结婚是爱情的坟墓。"我希望，中国不要让这一句话兑现。我希望，结婚以后，爱情的温度会以另外一种形式与日俱增，而不是渐趋冰冷。

我在很多地方被别人认为是保守派，我也以保守派自居，并不是一切时髦的东西都是好的。在婚姻和家庭问题上，我也宁愿保守。我还是宣传我那一套，家庭中必须有忍让精神，夫妇相互包涵，相互容忍，天天为了一点芝麻绿豆大的小事而吵架，我不认为是好现象。

　　一夫一妻一个孩子的家庭，是历史演变的结果，是当前以及以后相当长的时间内形势的需要。我现在还想不出将来的家庭形式会变成什么样子，21 世纪也不会改变。我不希望，中国的社会有朝一日会改变复古，复古到没有家庭的社会，男女杂交，只知有母而不知有父。我希望，21 世纪中国的家庭会在保留这种形式的基础上，多增加一些温馨，多增加一些理解，多增加一些和谐，多增加一些幸福。

1999年11月3日

希望在你们身上

　　人类社会的进步，有如运动场上的接力赛。老年人跑第一棒，中年人跑第二棒，青年人跑第三棒。各有各的长度，各有各的任务，互相协调，共同努力，以期获得最后胜利。这里面并没有高低之分，而只有前后之别。老年人不必"倚老卖老"，青年人也不必"倚少卖少"。老年人当然先走，青年人也会变老。如此循环往复，流转不息。这是宇宙和人世间的永恒规律，谁也改变不了一丝一毫。所谓社会的进步，就寓于其中。

　　中国古话说："长江后浪推前浪，世上新人换旧人。"像我这样年届耄耋的老朽，当然已是"旧人"。我们可以说是已经交了棒，看你们年轻人奋勇向前了。但是我们虽无棒在手，也决不会停下不走，"坐以待毙"；我们仍然要焚膏继晷，献上自己的余力，跟中青年人同心协力，把我们国家的事情办好。

我说的这一番道理，迹近老生常谈，然而却是真理。人世间的真理都是明白易懂的。可是，芸芸众生，花花世界，浑浑噩噩者居多，而明明白白者实少。你们青年人感觉锐敏，英气蓬勃，首先应该认识这个真理。要想树立正确的人生观和价值观，也必须从这里开始。换句话说就是，要认清自己在人类社会进化的漫漫的长河中的地位。人类的前途要由你们来决定，祖国的前途要由你们来创造。这就是你们青年人的责任。千万不要把人生观和价值观当作一个哲学命题来讨论，徒托空谈，无补实际。一切人生观和价值观，离开了这个责任感，都是空谈。

那么，我作为一个老人，要对你们说些什么座右铭呢？你们想要从我这里学些什么经验呢？我没有多少哲理，我也讨厌说些空话、废话、假话、大话。我一无灵丹妙药，二无锦囊妙计。我只有一点明白易懂简单朴素、迹近老生常谈又确实是真理的道理。我引一首宋代大儒朱子的诗：

> 少年易老学难成，
> 一寸光阴不可轻。
> 未觉池塘春草梦，
> 阶前梧叶已秋声。

明白易懂，用不着解释。这首诗的关键有二：一是要学习，二是要惜寸阴。朱子心目中的"学"，同我们的当然不会完全一样。这个道理也用不着多加解释，只要心里明白就行。至于爱惜光阴，更是易懂。然而真正能实行者，却不多见。

这就是一个耄耋老人对你们的肺腑之谈。

青年们，好自为之。世界是你们的。

1994年12月4日